黃埔軍校同學會
親 年底不給選票
公教
老兵指控廖兆祥
推擠完了、按鈴申告
想家
獎狀
兩岸探親的管道座談
送我
捉我

發給每位老兵新台幣六萬元返鄉探親路費
阻礙返鄉探親 年底不給選票
誰無父母？
公教也是人啊!!
回家的時候到了！
外省人返鄉探親促進會
江蘇省黃埔軍校同學會
打開海峽兩岸探親的
外省人
每位老兵新台幣六萬元返鄉探親路費
老兵指控
想家

INK

文學叢書

191

鄉關處處

外省人返鄉探親照片故事書

外台會◎策劃

謝宛潔／攝

本書　謹獻給那些
跋涉過動盪大時代
終生回不了家的
以及總算到家的人們

目次

輯一　日暮鄉關，誰在？

得獎作品

佳作

評審獎　何文德

輯二　笑在風燭歲月

入圍作品

輯三　黃土故鄉容顏改

入圍作品

輯四　修墳祭祖情脈長

入圍作品

輯五　此處終是歸鄉路

入圍作品

序

返鄉路迢迢

張茂桂

「老兵返鄉運動」至今已過二十年，外台會舉辦「返鄉探親圖文展」，除了獲得曾參與這個運動以及各界長輩的回應之外，也獲得社會一定的迴響，現在將展示集結成冊，這到底有些什麼特別可爲誌記呢？

時下言說台灣的老兵返鄉時，難免透過「解嚴」、「政治民主化」這樣的時代的大事紀來定位，也把「開放探親」當作「威權政治」轉型的一環。的確，當時是由被政府所懷疑、被媒體污衊的一群背景特殊的老兵，不顧身家安全，挺身吶喊，在「柏林圍牆」倒下的四年前，率先衝破了全球冷戰政治圍堵的一塊牆。隨時空移轉，老兵逐漸凋零，而現在來往兩岸的台灣同胞，每年多達百萬人次，而所謂返鄉探親、參訪觀光都絡繹於途，已不復當年的悲情。

可是在這樣的「大敘事」的標題之下，存在諸多鮮爲人知的個人經歷；現在我們經由一張張照片與故事所呈現的結果，是被稱爲老一輩台灣外省族群時而喑啞卻又澎湃強烈的聲音。當初辦這個活動的目的之一，原意即在藉此呼應之前的「家書徵文」（《流離記憶》2007，印刻出版）活動，從人生的悲歡際遇，可以省思戰爭、圍堵與政治敵對劃界對人之傷害。我們也許可以透過凝視與設身處地，可感受到那些因爲自願或非自願，倖存的戰士與家人的傷痛的問題。

如果說「家書」代表「禁止接觸」隔離時期的人性情感世界的分裂問題，那麼現在的「返鄉探親圖文展」活動，則可用以代表一個時代的過去，敘說當此一禁忌被運動成功地打破，而分隔的親人終於克服困難險阻，得以「大團圓」的結局，受苦眾人的經驗、記憶，或者代表牽掛的親情，也許終於得到棲止、喘息的機會。

我們感謝參與的前輩的分享，一來使這本圖文書得以集結成冊，再則因爲這個活動的過程，改變了我們對於老兵返鄉的一些固定看法或者成見，進而擴大了我們的視野。

但是，返鄉之後，果然是「大團圓」的結局嗎？「少小離家老大回，鄉音無改鬢毛衰」原爲返鄉者的普遍寫照，但這些文字所無法表達的是現實變遷，以及再相會、或再相會之後的情境與心境變化；因爲，記憶中的故里與舊人，並不曾眞正停留在記憶深處四十年，不但人的形體會蒼老，人的感情認同、價值觀、社會位置與關係網絡都會改變，也會因爲各種不同的原因死亡。而衰老、死亡、病痛等，帶出最多的反而是今生「無法再團圓」的傷痛或哀嘆。此處圖文所顯現的，同爲白髮人的爹娘與親兒雖然得以重聚，但跪哭告祭先父母、祭祖修墳，恐怕更多。其間而到底何者爲幸，又何者爲不幸，恐怕也無法概括而論。

更難止息的是那些私的內在感情經歷。戰亂與四十年間音訊幾無的影響，一旦得以再相聚的夫妻、骨肉、手足、初謀面的中年至親、方圓五十里內的親朋故舊，他們如何修補、重建、或者新建那些既眞實但又虛幻的家族感情與文化血緣的連帶關係？四十年的歲月，當年有被父母「帶不出來」的孩童，如果倖存則已經成家生子；留在大陸的糟糠妻或堅守或改嫁或受盡折磨已故，物換景移、人事皆非。「返鄉探親」所帶出的婚姻、貞潔、忠誠、信賴、親子孝道、責任、罪疚、人性、生存選擇等等，或因爲大環境所逼，或因爲當年無法「早知道」的人生，或有時光不能倒流的怨嘆，或有無可奈何甚至「慶幸」的現實狀況等等，諸多複雜的時刻與情緒，在圖文集中時有表達，而所謂「大團圓」的喜悅，則恐多屬連續劇的想像。

另外一個問題是「鄉愁」眞的因爲家庭重聚而獲得歇止了嗎？人們將「鄉愁」當成是對於故鄉的人、事、物的懷舊，定著於「老家」（舊厝、祖先居住之處）之所在，或者，和此有關的各種「氣味」，諸如人的氣味，空氣的氣味，食物的氣味，說話的氣味……而人從離開家鄉的剎那開始，鄉愁即同時開始醞釀，但恐終難以止息。

爲何說「鄉愁難止」呢？這一方面和「永隔與難以再團圓」有關，另一方面和人的「能動」與參與內戰、參與國家，以及現代化經歷有關。這種歷史過程讓很多離鄉者不會只歸屬於一個地方。人們少小離家，但終將於異地「成家立業」，建立新的親密關係、追求安定、繁衍，並嘗試建立新的「家屋」，建構出新的「氣味」的習慣與偏好；一些新的移民也可能會和一群人一起「培力」建立「新家園」，鞏固自己的生存與親密關係。

人們因爲現代經歷而流動遷徙，現在的「新家」可能成爲之後的「舊家」，而之前的「舊家」也可能成爲現在的「新家」，或者新、舊同時併存。我們看見的第一次的返回故里，往往只是一個旅途的開始，而非終點。眾人在兩地、甚至多地的家屋之間、以及自覺歸屬的空間環境與社群之間，反覆穿梭，難分「新」、「舊」，不斷地穿梭流動，離去、回來、反覆。例如，返鄉探親後，畢竟很多人仍然也就「自然而然」地回到台灣，或者，「回台灣的家」，並繼續在兩岸的家鄉間不斷的「旅行」。所謂「鄉愁」，也就在離開歸屬之後不斷的重現。「鄉愁」，因此，彷彿「時時均在等待下一次『返家』的途中」，難以止息。

第三個疑問是「故事因爲運動結束、返鄉成功而結束」的觀點。故事之不得結束的根本原因在於人的繁衍、創造社會交往與關係的本能。返鄉之後，人們因而得以繼續人際的營造，並在兩岸之間，創造了新的流動與人際關係。在個人的層次，最顯著的就是對於兩性關係、婚姻關係的繼續發展。對於一些未婚或者失婚男性長者來說，兩地的物質生活落差，改善了男性在配對關係中的弱勢位置，而濃郁的鄉情與親情，促成了人生對於追求美麗黃昏的機遇與幻想。另外一方面，有時候因爲丈夫堅持資助老家的經濟需求，或者親人在台灣探親團聚的新的壓力，造成了新的社會關係發展與相互想像。

同樣地，故事並不僅在第一代的「外省老男人」身上，它也發生台灣妻女、第二代年輕人身上。跟隨的第二代以及媳婦等，他們有機會參與並直接接觸了第一代的鄉愁，卻有自己對親情，對時代，對至親的不同內在感受。故事並不因此結束。他們從不同的位置與觀點，呈現了外省家庭的返鄉種種多元多層次的經驗。

這次圖文展，感謝政府部門與社會團體的支持，其呈現比預期產生了更豐富的意義。「人生多無常」不但是四十年隔絕後的寫照，而那些追求親情與渴望返鄉，不同社會位置間的流動，並未嘗因爲探親成功而終止，而是，人們在已近黃昏的人生，又一次展開了新的，而非單純復舊的旅途。

最後說明，我們「外省台灣人協會」辦這些活動，無非是希望過透過這個訴說的機會，再度讓一般民眾能由「人」的角度重新認識並理解一些榮民與外省族群的生命歷程、苦難、能動性，進而促進族群間的互相理解與尊重，認同的複雜性，並能消弭簡化的統獨政治的價值對立。我們唯有以個人不同的生命紋理塡補族群類別與歷史裂縫，才可能反對污名，反對刻板印象，並能文明的相互尊重、對待。

（本文作者爲外省台灣人協會理事長、中研院社會所研究員）

序

歸鄉如夢，尋鄉有夢

陳芳明

我曾經也擁有一個回不去的故鄉，所以我很能夠體會那種想家、或者想回家的那種感覺。一個奇怪的時代，硬生生把正常人的家庭剝奪，就不是一個很健康的時代。因此，當我在看這些文字的時候，立刻可以想到當年我曾經在海外是那麼孤寂地想念台灣，覺得自己的親情、自己的鄉情都被割裂了。

那麼多人住在台灣已經是超過半個世紀以上，他們那種對家的渴望，或者對從前美好年代的嚮往，並沒有減少絲毫，因爲那是與生俱來。他們想家那麼強烈，絕對不是因爲他們不喜歡台灣這片土地，而是在生命深處有非常強烈的文化鄉愁。文化鄉愁本來就是人的天性，想家不僅是人最崇高的情操，也是最基本的人權要求。進入一個新世紀的歷史階段，這些文字能呈現出來，眞正爲我們保留了非常珍貴的歷史記憶。

這塊土地本來就是一個開放的土地，這塊土地不斷有新的移民進來。過去清朝的漢人移民，不管他們叫做閩南人，或者叫做客家人，他們也曾經經過一段想家的煎熬經驗。一九四九年，那麼多的外省族群來到台灣，我想那種想家的折磨恐怕還更嚴重。現在我們見證八〇年代、九〇年代又有了一股新移民潮，那是從東南亞來的。這原就是台灣歷史的宿命，它不可能只靠一群封閉的族群在這塊土地上經營。共同的歷史已經告訴我們，每一個歷史階段不斷會有新的移民進來。

如果我們要了解台灣歷史，應該可以從這書中的圖像與文字看到歷史的眞實是什麼。今天有不少人在強調本土，其實本土的內容是不斷在添補、不斷在塡充，而不是一成不變。所謂本土政權，其實是某一特定族群刻意彰顯的政治口號而已。如果不能對眞實的歷史有所認識，就不可能自稱是本土政權。眞正的本土政權，應該是不斷接納新的移民、新的歷史記憶、新的文化鄉愁。

過去八年來我作爲一個綠色的支持者，非常傷心地看到自己所支持的本土政權，已經把「本土」這個定義牢牢封閉起來，變成一個特定族群固定的同義詞。這個本土政權露骨表現一種粗暴的、並且非常非無視歷史現實的態度，這已經不是本土政權，而是屬於外來政權。

因此，在這個時代出版這本書，更能展現非常特殊的意義。我們應該睜開眼睛，好好看待自己的歷史，因爲台灣歷史從來就是開放的，從來就是不斷接受新的生命、新的文化、新的記憶。有很多人在書中分享回鄉的喜悅經驗，但是也提到回鄉後所產生的陌生感。這種情況，使人覺得歷史非常無情。在這邊，他們被稱爲外省族群，回去卻又變成陌生人；如果台灣不能讓他們安身立命，歷史也未免過於殘忍。如何讓這群想家的人，有一天終於把這一塊土地也當做自己的家，容許他們既有精神的原鄉，也有定居的故鄉，兩者同時並存，則台灣的開放價值才能彰顯出來。

寫下這些文字之際，正見證一個代表本土的綠色政府在大選中遭到慘敗，我的心情當然是相當複雜，也非常沉重。這是一個值得我們反省的時刻。在重大慘敗之後，這本書適時出版，應該可以召喚我們更多的歷史意識吧。至少，讓我們更清楚認識到，其實已經有很多不同的族群、不同的語言、不同的價值都已經融入本土裡面。本土的內容，本來就有各種差異的族群文化熔鑄在一起。

這本書的出版應該還可以提醒我們，在未來的台灣，應該以開放態度尊重不同的族群。他們都流下了汗，奉獻了一生的生命，全心注入這塊土地。他們內心深處，可能還懷有一個精神原鄉，生命則已經是屬於台灣。如果不要太過偏執，這個世界本來就會爲了我們開放。如果太堅持某一種信仰，可能就會排斥某一種價值。現在我的心情是在廢墟狀態，但不能因爲這樣就表示放棄。這塊土地還有那麼多人，不斷以蓬勃的生命力與想像力豐富這塊土地時，我想我也不能缺席，應該參與這些不同族群，共同迎接新的歷史階段，使共同的故鄉日新又新。

（本文作者爲國立政治大學台灣文學研究所所長）

輯一

日暮鄉關，誰在？ 得獎作品

天涯流落半個世紀，恍如隔世。好容易重回故里，村童相見卻不相識；就連光著屁股一塊抓泥鰍的兒時玩伴，也成了陌生人……

首獎

薛繼光

「這位阿姊啊，
我來請問儂，
這個芝麻山怎麼走？」
再回故鄉，已是四十年後，
故鄉的路與記憶中不同了。

王長根伯伯回鄉時十分轟動，
是舟山唯一帶著台籍妻子
返鄉定居的老兵。
王媽媽說，返鄉是他的心願，
做了大半輩子夫妻，
願意追隨丈夫返回舟山。

右圖：
王伯伯告誡兒子，晚輩要懂孝道，
要尊敬台灣來的媽媽；
過年過節祭祖，兒媳婦要合規矩。
頭一年團圓吃年夜飯大媳婦不知為何發了脾氣，
不做年夜飯了，兩老就吃麵裹腹。
頭一年的年夜飯就吃不圓

左圖：
王長根以家族大家長身份參加孫輩的婚禮。

日暮鄉關何處是

——舟山老兵王長根的故事

薛繼光

民國八十四年，我跟隨舟山老兵王長根，帶著台灣籍妻子返鄉定居，二月天依然冷風刺骨，感覺特別蕭瑟。王伯伯離開大陸時有一兒子，元配去世的早，為了彌補兒子這幾十年受的苦，原本希望住在一起，用自己這幾十年的一點積蓄，給做工維生的兒孫們生活無虞，無奈的是反而讓兒孫需索無度。王伯伯只好在舟山市買間房子，年節喜慶再以家族大家長身份與子孫團聚。

像他們這樣返鄉長住的老兵，在舟山市有一兩千位，多集中在舟山市的新建公寓中，當地人管他們叫「台灣老頭子」。王伯伯好幾次和當地人爭論自己是舟山人，在台灣住了四十年，被叫做外省老芋仔，以為回故鄉了，卻又被叫做台灣老頭子。真是大時代的荒謬。雖然返鄉探親、或是落地歸根，大時代的故事並未就此結束，只是慢慢凋零。

大時代的恩怨情仇

再說舟山老兵的故事

薛繼光

右圖：岑金龍與任銀鳳離散四十年的婚姻故事

左圖：李阿耀遲來的「家」

右圖：
一位台灣舟山籍老兵的元配，
改嫁多年早已兒孫成群，
老兵不願打擾，選擇默默離去，
元配無奈於大時代的作弄人，
感嘆數十年的辛酸。

左圖：
陳仁赦落葉歸根的願望。

陳公仁赦壽域

舟山新建公寓群的「台灣老頭子」們：這裡散居著千餘位舟山籍的返鄉老兵，「鄉音無改鬢毛衰」的況味卻是他們的寫照。

大時代的恩怨情仇
——再說舟山老兵的故事

薛繼光

國共內戰末期，民國三十八年前後的百萬軍民大遷徙，是人類學史上罕見獨特的例子；一海之隔硬是分隔兩岸近四十年，割不斷的是故鄉親情的思念。舟山群島因地理位置，因緣際會成為國軍撤守的最後一站，多少恩怨情仇，四十年後依然糾纏不清。

民國八十四年二月，跟隨舟山同鄉會的幾位老榮民返鄉，用影像記錄他們對故鄉的依戀，和即便到老仍執著的恩怨情仇。岑金龍先生在大陸的元配任銀鳳女士改嫁了自己家鄉的親弟弟，在返鄉後即使元配願意回到身邊，對她來說，家被硬生生拆散兩次。有在台灣一直未娶的李阿耀，元配等了他十年後改嫁，他以六十五之齡回舟山老家娶了三十九歲的現任太太，並生了個跟他似同一模子的兒子李吉，我拍他們一家時小孩已七歲大。有在老家父母親墓旁先造好自己墳墓的陳仁赦。還有，像海外許多城市的唐人街，舟山籍的老榮民一心返回故鄉落戶，居然只能和其他返鄉者住在附近互相照應。

拍他們的故事已是十年前的事了，每當我看這些照片，就心頭一緊：

你們在故鄉過得好嗎？

（薛繼光◎湖南省澧縣人，一九六五年生。目前為攝影工作者）

二獎：許平道

父子
初會

父子初會

許平道

大陸開放後，我先和家鄉通訊聯絡，對情況已大致瞭解，為了回家探望年邁父親，於民國七十七年八月申請提前退休，時年六十二歲。同年九月首次回河南家鄉探親，父親已八十三歲，母親病故多年，三個弟弟兩個妹妹均健在，都已成家立業。父親思兒心切，已蒼老很多。

九月二十五日適逢中秋節，全家團聚，在自家後院合影留念。雖然是中秋節，村子內並無過節的氣氛。父親是一個忠實的農民，大陸被中共統治後，厲行清算鬥爭，村子內所有的富戶，全都家破人亡，財產充公。因為我家是貧農，父親才倖免於難。文革時期，父親被冠以逃台家屬之罪名，遭受鞭打遊街，吃了不少苦頭，但父親堅決不承認，最後不了了之。感謝上天保佑，是我們父子今生能再見一面。

許平道

新祖墳立墓碑

新祖墳
立墓碑

在中共統治後，
這是家鄉的農村第一次為祖墳立墓碑，
村民好奇，
在空地聚眾圍觀。
親朋們也在墳墓前休息觀看，
等待立碑的工作完成。

新祖墳立墓碑

許平道

我於民國七十七年回家鄉探親時，父親還健在，七十八年九月間因心臟病發往生，享年八十四歲，幸好我於前一年申請提前退休，回鄉探親見過父親一面，否則遺憾終身。父親病故時，我在台灣因有要事無法脫身，未能回家鄉奔喪，非常愧疚。所以，民國七十九年四月清明節，專程回河南家鄉為新建的祖墳立墓碑，以資紀念，以盡為人子的孝道。

一個墓碑是祖父母，一個墓碑是父母親，因為我家原有的祖墳，在中共統治後，文化大革命時期，已被剷除，所以另建新墳。中共統治後，土地公有制，規定墓地可由死者家屬任意挑選地點，不限制在自己使用的土地上。當時家鄉把立墓碑當作喜事，隆重辦理，親朋好友全來參加道賀，且又是中共統治後，在農村首次看到立墓碑，村民新鮮好奇，大家都熱心的協助辦理；一時間村眾圍觀，異常熱鬧，弟弟也雇請農村樂隊吹奏助興。

（許平道◎河南省伊川縣人，一九二七年生。警察退休）

三獎：胡勇

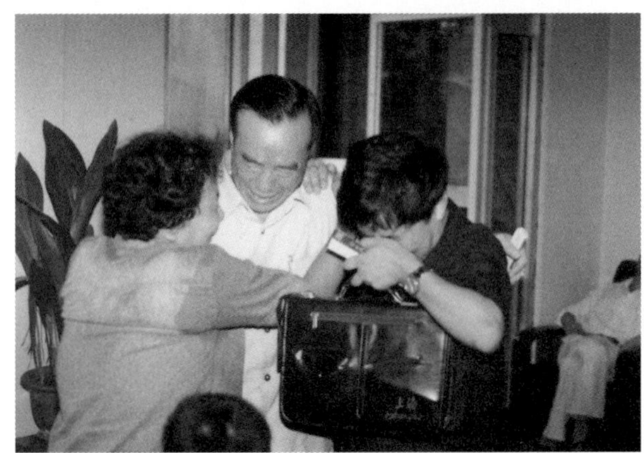

首次返鄉探親與妹弟相擁而泣

胡勇

自從政府開放大陸探親後，老兵紛紛返鄉者絡繹不絕。由於空中的運輸量大增，幾乎都會發生誤點問題，原本應該在七月十九日下午抵達重慶市的飛機，卻到七月廿日下午六時才到。來接機的弟妹們開著司法局的車卻撲了空，我又無法再聯絡上他們，十分心急，次日傍晚，終於踏上睽違四十餘年的鄉土，當時的情況既緊張、悶熱、焦急且又飢又渴。

見不到前來接機的弟弟，卻有衣著不整的不良少年，三兩成群地圍著我想要騙錢，慫恿要帶我去重慶郊區。原本預定的重慶賓館，因已隔夜，房間已另租他人。又從重慶賓館轉往曾家岩賓館，到曾家岩賓館時，早已汗流浹背，累得喘不過氣來。進入房間後才發現沒有空調設備，更是燥熱難當。次日總算電話聯絡上任職於重慶市南岸司法局的十弟，上午九點左右，六妹與十弟總算駕車前來，在賓館門口相擁而泣、淚流不止。

胡勇
首次返鄉於父母陵墓前
跪讀祭文

首次返鄉於父母
陵墓前跪讀祭文

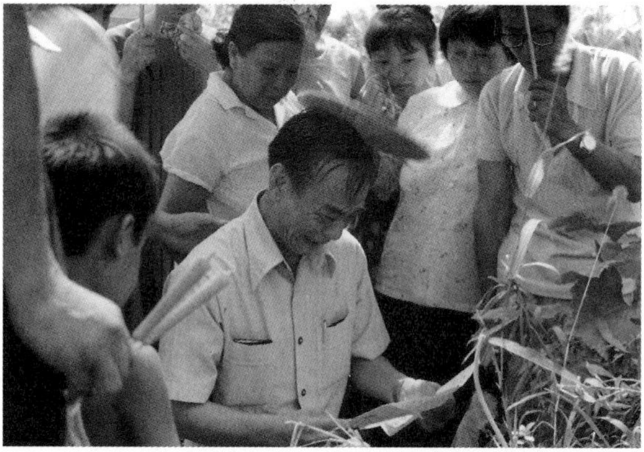

首次返鄉於父母陵墓前跪讀祭文

胡勇

童年時，在家附近有鄰居辦喪事，大姐永珍帶我去圍觀，見一白髮長鬚老人既未著孝服，也未下跪，手捧書文，狀極凄楚，其聲調抑頓挫、如泣如訴，在場的眾人，鴉雀無聲地聆聽其唱讀，雙淚長流。返家後詢問大姐，大姊告訴我，老先生是在「讀祭文」，他是位私塾老師，很有學問，經常受請讀祭文，已成為此行業專家。

我當時大約七、八歲，不懂得忌諱，居然說：「既然是兒女悼念父母的祭文，就應該自己讀，為何要讓別人來讀，我將來一定要自己為爸媽讀祭文。」大姐聽了，忽然揮手一巴掌打在我臉上，嚴厲地斥責：「呸！小孩子怎麼可以胡說八道！」

此事在我心中留下深刻的記憶，所以尚未赴大陸探親前，已將祭文書寫完繕。返鄉後交給十弟永祥先行閱讀，十弟堅決反對我親自讀祭文，唯恐我在讀祭文的過程中，因為悲慟過度，當場昏厥過去；但我仍堅持親自在父母陵墓前，為他們讀完祭文。

是日所幸，讀完祭文未昏厥。

（胡勇◎四川省重慶市人，一九二九年生。大學教官退休）

佳作：

何安華

右圖：
關山秋晨：我爹常提起關山，
（甘肅隴山山脈庄浪縣東側，
自古有「關中屏障」之稱）
秋天果然美得不得了。
那天清晨，我們上山採野蘑菇，
堂兄隨後趕來，
在山徑上留下了這幅影像。

左圖：
我爹的家鄉——
甘肅省庄浪縣何川村，
也是他魂牽夢縈的地方。

金秋返鄉

何安華

記得我小時候，每年中秋夜，全家總會在大門前擺張小桌，放些月餅、茶食聚在一塊賞月。有回在皎潔的月光下，我爹提起家鄉的秋天。他說：「此時關山的林子紅了你不曉得有多美！村口龍王泉的泉水你不曉得有多甜！田裡新收的玉米和洋芋烤起來你不曉得有多香！秋收後遼闊的黃土大地你不曉得有多壯！只是，不曉得你們爺爺奶奶過得好不好？」說著說著聲音哽咽，進屋去了。

一九八八年春天，政府開放大陸探親沒多久，我爹便帶著我媽返回那位於隴西黃土高原東側小小山村的家鄉探視。雖然爺爺、奶奶早已辭世，但

右圖：
我爹每回返鄉，
走在村裡總會遇到一些兒時玩伴，
老友重逢，自然熱絡非常。
只是，隨著年齡日長，老友愈來愈少了。

左圖：
雖然桌上擺的只是一些清淡家常菜，
沒有大魚大肉也沒有山珍海味，
但我爹說這是他最想吃的東西；
尤其坐在炕上吃飯，
更有回家鄉的感覺。

是兩位叔叔和姑媽還在，以後每隔兩、三年，他總會回鄉探視。

家鄉僻處甘、寧交界處附近，交通不便，各方面相當落後，我爹並不富裕，平常在台灣生活相當儉樸，但返鄉樂善好施，舉凡建橋、修廟宇、興學校等公益事業都相當熱心；鄉民貧病前來求助者也都慷慨解囊，在家裡有極高的聲望，每次返鄉小住，鄉民扶老攜幼前來探視者絡繹不絕。

我爹說，台灣是他的家，家鄉是他的根；雖然返鄉路迢迢，但有生之年會像候鳥一般，風塵僕僕於家與根之間。

（何安華◎甘肅省蘭州市人，一九五六年生。現從事自由寫作）

佳作：高秉涵

右圖：
一九九一年五月二日，
高秉涵（左二）首次返鄉時，
和相對不相識的堂爺高三亂（右一）
在熱淚中驚喜的一瞥。

左圖：
二〇〇六年八月四日高秉潔（左）
在廣州醫院手術前和丈夫朱劭天（右）
與胞弟高秉涵（中）開懷大笑的一刻。

請問你是誰

高秉涵

一九四八年，我十三歲，甫考取初中，就拿著新生錄取證書，跟隨山東流亡學校，遠走江南，異鄉作客了。在音訊隔絕近半世紀之後，我於一九九一年五月一日第一次回到了故鄉菏澤。次日由二弟秉濤陪同，趨車前往我的故里呂陵鎮北端的小高庄，汽車到了高庄東頭停下，我獨自進入高庄村裡，以便測試我是否仍能認得出老家房舍的位置，我走到庄西頭，見有幾位在路邊聊天的老人注視著我，其中有位長者以奇異的眼光問我：「先生，你找誰？」我說：「我找高春生（我的奶名叫春生）。」這位長者毫不思考的說：「高春生從小就死到外地了，他已經死了幾十年了。」我看這位長者有點像我的堂爺——三亂。接著我又問：「三亂還健在嗎？」這位長者以驚訝的神情答稱：「我就是三亂，請問你是誰？」我說：「我就是小春生啊！」霎時，我們激動的緊握著手，滿面淚水地笑起來，笑得像哭。

笑在風燭歲月

一九三七年，抗戰軍興，就讀清華大學三年級的大姐秉潔，就跟隨西南聯大前往湖南長沙，後與姨媽宋介和三姐秉浩，在長沙結伴捨西南而去陝北延安，加入了共產黨，音訊隔絕。

一九四五年抗戰勝利後，卻未見她們三人返鄉。一九四七年，家鄉的父親，在國共內戰鬥中，以地主、惡霸、國特等罪名，慘遭共黨槍決，次年，我甫滿十三歲，為了逃避共產黨的殘害，母親便含淚讓我跟隨山東流亡學校，遠離家園，臨行前，母親特再三提醒我「你要緊跟著流亡學校走，如果學校散了，你要跟著國軍走，國軍不回來，你千萬不要回來，回來，你就會得到同你父親一樣的下場⋯⋯。」一九四九年十月，我遵照母親的叮嚀，就跟隨著國軍漂來台灣。曾一度流落台北街頭，以乞丐為生。中共建國後，姨母、姨父和姐姐、姐夫，雖然他們都是老延安、老共黨、老幹部，並兼程加快趕返故里，但是，家已破了，人已亡了，除痛心疾首，抱頭哀號之外，又夫復何言！

兩岸開放後，國共合作日趨熱絡，我們姐弟都是國共兩黨的資深老黨員，雖然會面多次，但只敘親情，少談政治。二〇〇六年八月四日，大姐因患直腸惡性腫瘤，急須進行切割手術，我和內子慧麗冒著颱風暴雨，於大姐推進手術房的前一刻，趕到廣州市立醫院探望，因大姐年逾九十，手術能否順利成功，尚未可卜，她生性開朗樂觀，在這次姐弟相見時，她仍以輕鬆詼諧的語氣說：「今天，國民黨又來探望共產黨了，台灣西進是風雨無阻的，台灣用親情已成功的反攻大陸了⋯⋯」霎時，惹得在場家屬都哈哈大笑起來。笑吧！的確時間不多了，我們姐弟還能有幾次相見歡呢！在風燭殘年的歲月裡，盡情的笑吧！

（高秉涵◎山東省菏澤市人，一九三五年生。律師，並擔任菏澤旅台同鄉會會長）

佳作．．

陳德文

半世紀悲情歲月留痕

陳德文

抗戰勝利後，我初出校門。只因福建地區連年飢荒，謀生不易，乃叩別寡母，來台任教。初來台時，隨身攜帶這幀六歲時的母子照，慰藉離家遊子的思母情懷。怎料在來台兩年之後（一九四九年），因政府遷台，造成了半個世紀以上母子隔離的悲情歲月。在這段「隔海不見子悲啼，隔山不見母哀泣」的哀傷歲月中，我每在心中漾起思母情懷之際，總是取出這幀照片，邊看邊流淚地讓自悲自憐的情愫，盪進我的腦海與心湖。真是情何以堪，情何以堪哪！到了政府開放探親時，我已是年逾耳順的老人。因為久睽慈顏，且在母親的呼喚之下，乃急於星火的趕回家鄉，探望老母。母子重逢之日，那悲喜交織的感性律動，呈現了多麼具有人性的光輝呀！可惜我不是詩人，不能把這畫面，化成一首知性而又感性的詩篇，供人欣賞。但是，總算拍了這幀「母子重逢照」，作為悲情留痕的永念。就在拍了這「母子重逢照」的翌年，母親即遽然辭世，留下了「子欲養而親不在」的傷感難釋。悲乎！悲乎！

在那個時代
有多少母親
為她們
囚禁在這個島上的孩子
長夜哭泣

媽呀！孩兒蒙冤，您是否兩眼淌血呢？

陳德文

一九五〇年間，政府實施檢肅匪諜措施，展開全面逮捕匪諜行動，我也在這一陣旋風中，以「匪嫌」案被捕入獄。在冤情難白的五百一十一天冤獄期中，受盡了苦不堪言的非人待遇；長達半年間歇性的輪番審訊中，我堅信自己的清白，以「真金不怕火」的心態處之，結果，當局明白了冤情後，仍在「錯抓不錯放」的運作下，被送到綠島接受感化教育。約一年後，才由保證人辦妥保證手續，釋回戶籍地的戶政及警察單位報到居住。

二〇〇一年間，我以自由之身，重臨綠島遊覽，並走訪以往囚禁之處，也到近期興建的人權紀念碑前巡禮一番。讀此碑文，令人傷感，更從而憶起在受難期中，遠隔海峽彼岸的寡母，倘知道了孩子的冤情，那何止是長夜哭泣？該是「日夜兩眼淌血」而痛不欲生吧！

（陳德文◎福建省福州市人，一九二二年生。教員退休）

評審獎
何文德

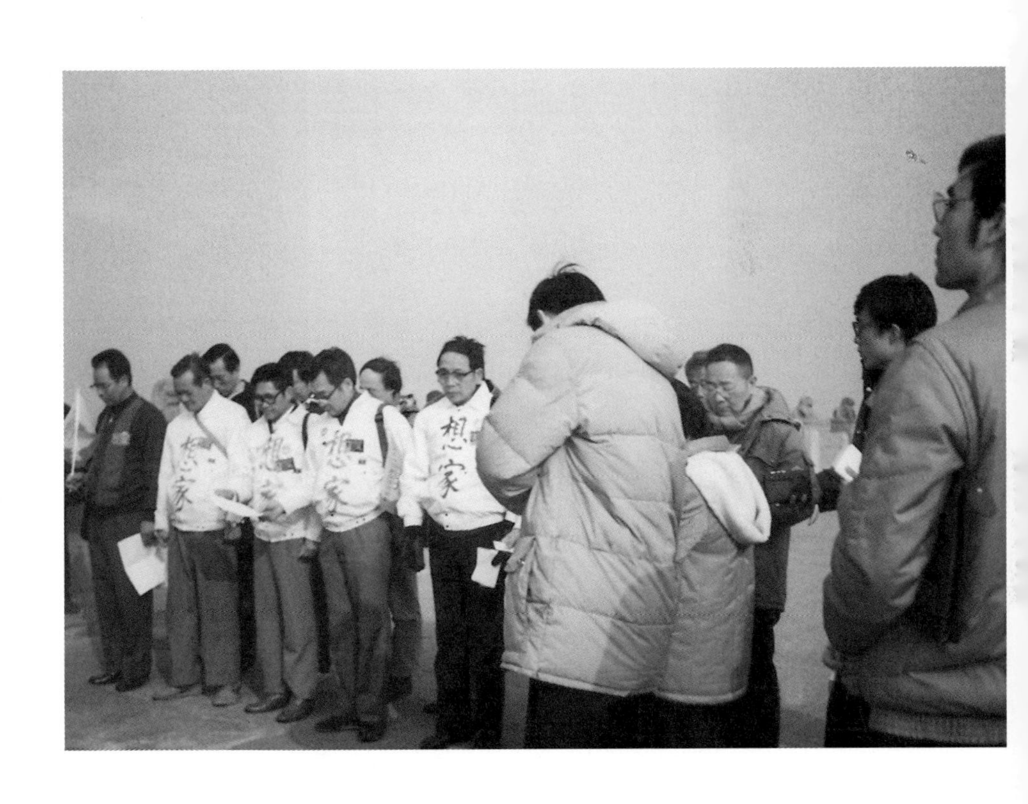
想家

十多年
我回家吧

想家

想家·回家——「老兵返鄉運動」返鄉

何文德

想家，是最原始的人性！回家，更是最起碼的人權！一九八八年一月，筆者以「外省人返鄉探親促進會大陸探親團團長」名義率老兵多人到大陸訪問。矗立在台灣海峽中間的「柏林圍牆」，終於被我們一群穿著「想家」奇裝異服的老人推開了一道裂縫。

（何文德◎湖北省房縣人，一九三〇年生。會計財務工作退休）

輯二 **笑在風燭歲月** 入圍作品

笑吧！時間不多，還能有幾次相見歡呢？就盡情的笑吧！人生如夢，雖然去日苦多，就讓照片留下一些歡笑回憶吧！

倪汝霖

探望
九旬母親

探望九旬母親

倪汝霖

余民國二十九年離家、求學、進黃埔軍十九期畢業，抗日、剿匪，出生入死來到台灣，怕連累親友而斷音訊，母以為余於南京一役為國捐軀，每年四月十五生余之日，恆為余暗燒香堵，可憐慈母心，傷痛誰告知！民國七十五年兩岸尚未開放，又得知父已棄養，母幸健在。雖懾於私自返鄉者停發退休俸之禁令，仍與內子商定，不惜淪為乞丐，必求見母一面，否則死不瞑目。乃藉外遊之名飛菲律賓轉港，乘火車返家，終得重晤團圓，相擁痛哭，繼之哄笑，噩夢乍醒。

（倪汝霖◎浙江省浦江市人，一九二四年生。軍人中校退休）

涂光敷

為姑媽慶
九十壽誕

爲姑媽慶九十壽誕

涂光敷

大陸探親開放後，我探悉到父親在民國六十一年早已仙逝，碩果僅存的長輩只有父親最疼愛的小妹（我嫡親的秀姑媽），我不禁哭泣著吶喊，我一定要見到她老人家，秀姑媽就代表了我的父親，我父親一輩子「未吃過我一碗飯，未用過我一塊錢」，我要在姑媽身上去補償，去孝敬她老人家。一股衝動決定了要在姑媽九十壽辰之年回鄉。

我乃積極籌措，終在民國八十一年四月偕妻踏上「還鄉之途」，「返鄉」、「會親人」、「祭祖父叔墓」及為「姑媽慶賀九十大壽」，四項目標一次達成。這是我自民國三十八年四月來台後四十三個整年第一次回家。

（涂光敷◎湖北省武漢市人，一九二八年生。公務員退休）

韋志武

夫妻相別四十三年後重團聚

韋志武

民國三十一年十一月十九日，我韋志武與曹秀珍結婚，我十四，妻十六。家境小康，倆人十分恩愛，民國三十五年秋，抗戰勝利多時，抽壯丁仍急，我是三兄弟老大，十八歲入西安憲兵十四團，三十八年四月廿二日自南京撤退來台。

民國七十六年政府開放大陸通信，知父母已大去，我妻撫育一女窈窕，一子南京各成家立業，此時雙方通信多，思親如渴，恐生意外，提早三年退休。八十年九月廿七日攜一小包，晚十時飛機降落咸陽機場，我第一個出機場大門，見一長黃色紙帶：「歡迎韋志武先生歸來」。

兒女孫輩共乘一車到女兒家。入室燈光昏暗，妻白髮皤皤一人依床站立，面容憔悴，我急拉妻手同坐，二人低頭默默良久，都未哭，已無淚，全室兒女孫輩全無聲……。

（韋志武◎陝西臨潼人，一九二九年生。公務員退休）

于愷駿

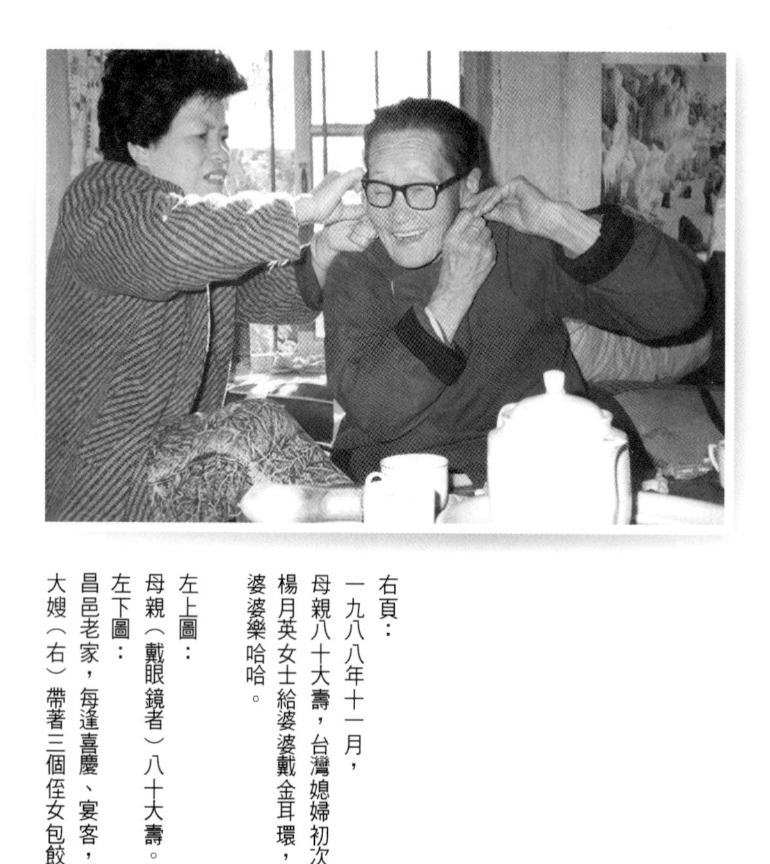

右頁：
一九八八年十一月，
母親八十大壽，台灣媳婦初次返鄉認親，
楊月英女士給婆婆戴金耳環，
婆婆樂哈哈。

左上圖：
母親（戴眼鏡者）八十大壽。
左下圖：
昌邑老家，每逢喜慶、宴客，
大嫂（右）帶著三個侄女包餃子的情形。

上圖：
一九八八年返台時，農村還沒有出租汽車，
母親親自送台灣媳婦至火車站。

下圖：
一九九八年回山東昌邑老家為母親過九十大壽，
宴客完畢，次日要趕回台灣，
母親與親友在門前送行。

樂親人相會，喜龍鳳呈祥

于愷駿

哥哥來信說：「二弟，你二侄準備在母親過九十大壽時，同時完成婚禮。不過女方在成婚前要求要有一部彩色電視機。方便時給買一台。」

家中知道我每年給母親過生日順便宴請親友，所以選在這個日子為二侄結婚，雙喜臨門，我買了一台二十一吋日立彩電贈二侄。回到家中一看，大哥親筆寫對聯貼在大門上迎接我們了。上聯：樂親人相會。下聯：喜龍鳳呈祥。橫批：天作之合。咿！還被選為文明戶掛有「五好家庭」的榮銜。

家中的親友早已在家中忙得不可開交，炒菜的炒菜，包餃子的包餃子。中午一到就開席，開席之先，先請村中的一位離休的村幹致詞，開頭還中規中矩，說著說著，中間穿插了一段麻將語：「新郎新娘一般高，今天晚上雙龍抱，男的喜歡當五筒，女的願意摸二條。」好在是喜事，百無禁忌，雖然有點瘋顛，但也惹得大家哈哈大笑。

接著他又指著牆上那個囍字說：希望新娘新郎，就像這個囍字，自上而下談，是吉古古古吉古，無論是吉古古吉，都是悄悄話兒，祝福您們永遠情話綿綿，愛河永浴。

故鄉有個習俗結婚當日無老少，都可鬧洞房，而且鬧得很兇。

（于愷駿◎山東省昌邑縣人，一九三七年生。《警光雜誌》總編輯退休）

鍾秋蘭

返鄉路上
姐弟情深

返鄉路上

鍾秋蘭

十八年前一開放老榮民返鄉探親，父親就急著打包行李，從小到大耳邊常聽到父親對家鄉的想念，對過去的爺爺奶奶大伯的懷念、掛念姑姑叔叔等人不知是否安好。

終於陪著父親回到闊別四十年的故鄉，一路上帶著雀躍的心情，但由於近鄉情怯，心情難免七上八下，到了老家永泰，心中的

那塊石頭總算完全放下了，魂縈夢牽的故鄉，是那麼遙不可及，而如今我是與之如此親近，有時真怕這一切是否在夢裡。

泥土是故鄉的親，菜是媽媽煮的香，雖然故鄉的建設是那麼的落後，生活環境也是那麼貧乏，但卻隔不了我對它的親近，祇要時間允許，我一定常與之親近。

姊弟情深

人生沒有盡頭和結束，只有感恩實在的滿足。愛會翻山越嶺而來，生命飄洋過海到意義與關連，家父與其親妹妹，四十年後終能相擁言往事。父親和其姊姊因年齡相差一歲，從小姊弟感情深厚，父親少小離家，老大回，幾十年來思鄉情緒與日俱增，緊握著姊姊的手，感恩的心情浮現臉上。兒時的回憶，彷彿夢幻般的仙境，童年的故事就在眼前，雖已隔了四十年，此時更加深了對母親的思念，觸景生情，失散家人的靈魂道出了我們感恩的心聲。

（鍾秋蘭◎福建省永泰縣人，一九五九年生。從事商業）

李榮治

我第一次回大陸探親時，因當時民生物資缺乏，人民生活普遍辛苦，我們在聚餐時，都是用吃飯碗裝酒，來互相敬酒。

喜極而泣

李棠治

我於民國七十六年七月第一次回大陸探親，經高雄飛香港，但由於香港飛重慶的班機較少，只好飛成都再搭火車往重慶，到達此門火車站時，有我姐姐、哥哥、弟弟，及嫂子弟媳侄兒、侄女、表姊弟等數十人在等候我出站時即放鞭炮迎接。由於四十年未見面，在場所有親人都受到喜悅心情感染，喜極而泣。之後，全家人在父母墳前上香。因在文革時，墳墓均已被挖光，而我父母的墳，是埋在大石坎的下面，未占用可用的土地，倖免被挖。

（李棠治◎四川省重慶市人，一九二八年生。小學教師退休）

程耀武

寄情幽遠兄弟緣

程耀武

一九四七年國共內戰戰事漸起，五個人因當了流亡學生而相識、結拜；面對茫然無知的未來，誰也不敢多想。有幸的，這張照片裡的四個人在四十年後的一九八九年再見面了，只是彼此的際遇不同。我的父親（前左）與王伯伯（後中）於一九五三年與一九五〇年分別跟著部隊來台，開始另一段人生。父親成了家，生了一女二男，與母親含辛茹苦把家撐起，部隊退伍後開計程車為榮，晚年則以拾荒維生。另一位王伯伯（後左）與劉伯伯（後右）則在跟部隊即將離開大陸時，遭共產黨軍追回，生命也跟著改變。二人分別回到河南故鄉，王伯伯當了中醫師，在鄉服務桑梓，低調行醫數十年；劉伯伯則成了鄉里的兒童學前教師，默默奉獻所長。

現在，照片裡的人已經沒有辦法再重聚了。台灣的王伯伯於一九九六年因老人癡呆症過世；大陸的劉伯伯也在二〇〇二年得病辭世。現在父親在台灣，王伯伯則簡居大陸，四十年的分離區隔，卻難斷這份幽遠情誼，現在父親固定與王伯伯魚雁往返，談的是人生、說的是風雅。當任何人在耄耋之齡時，卻有一甲子情誼的朋友時，我想，再大的哀怒悲離，便有了釋懷與寄託。

左圖：
「見影如見人，回憶往昔情。」
一九四七年十月四日攝於鄭州。

右圖：
一九八九年，四十年後冉見面。

淚眼婆娑歸鄉路

程耀武

一九八一年初春一封由美國轉來的信與照片，掀起父親心底的洶湧波濤。原來故鄉的爹娘還健在，兄弟、妹妹也都膝下承歡，輕撫著一張喚醒記憶的黑白照片，思親甚篤的父親心漸激昂。

然而在兩岸高度敵對的年代，返鄉之日遙遙無期。終於，一九八六年九月，就在政府開放兩岸探親之前，父親以「交待完後事」的心情從美悄悄返家，近四十年的別離瞬間黏合，破鏡雖然重圓，但仍難掩裂縫的存在，沒能見到奶奶最後一面，成了父親這輩子最大的遺憾。

父親說，過去我們家是大地主，因此在文化大革命時，爺爺的腿被鬥瘸了、右眼被弄瞎了，老家也被摧毀的只剩下一片斷垣殘壁。父親不禁潸然淚下，記憶裡的故鄉人事全非，回家的感慨大過喜悅。

兩岸分隔四十年，父親的返鄉伴隨堅定的信念終在有生之年圓夢，但對於故鄉的回憶，我想在他心底一定在徐徐地嗟嘆吧。

（程耀武◎河南省人，一九三一年生。空軍上校退休）

楊以琳

還鄉猶似夢

楊以琳

夢繞成長路，長成遠飛溟，遠遊四十載，歸來疑是夢。一九八九年四月二十六日。我們從桃園中正機場飛往香港，又從香港轉機飛往上海。一出機場，迎面而來的「人堆」還真把我嚇壞了。怎麼會有那麼多人呢？兩面是人牆，中間是僅容一人經過的「人巷」。不，兩邊應該說是「人山人海」，一眼望不斷的人頭；黯淡的燈光下，只見舉出來的寫著人名字的牌子，耳中聽到的是找到了親人的歡呼聲。記憶中也不知走了多久，終於走出了「人巷」，找到了來迎接我們的親人。四十年的隔絕，誰還認得誰!?

（楊以琳◎江蘇省徐州市人，一九二八年生。教員退休）

謝宛潔

尋根之旅

謝宛潔

二〇〇六年農曆春節，全家三代至上海過年並安排了一趟返鄉行，大年初二啟程，碰上內地回娘家人潮及罕見大霧，折騰了許多功夫才抵達。我們先到寧波拜訪五姑姑，靠著姑姑的引導，找到了公公幼時舊居，只是現址已成為一私人工廠。獲得管理員的允許讓我們入內尋訪，好記憶的公公仍能辨識出原廳堂、房間等位置，更可喜的是工廠後面保留了一棟待拆除樓房，因為已成危樓，無法上樓一探究竟，只有在昏暗的光下捕捉影像。

初三一早前往現已高齡九十多的太嬸婆住所，公公在狹窄的屋內一一為我們介紹，而太嬸婆現在睡的床竟是爺爺當年的床，公公用家鄉話和親友們敘舊，訴盡所有回憶往事。平日台灣公公家中儘量維持昔日菜色，似乎仍掛念著已逝了的過去，但這一趟返鄉行，不見老人家情緒上有太大的反應，或許因為這不是來台灣後的第一次回家，或許時間、空間，人生的經歷已轉移沖淡了鄉愁，又或許那半世紀的點點滴滴早已被深埋在心頭……

（謝宛潔◎台灣人，一九七八年生。大學畢業、家管。隨夫家返鄉，至浙江奉化、寧波等地）

王公昌

五十年遊子　圓了還鄉夢

王公昌

「從軍伍，少小離家鄉；雁雙飛，夢見我爹娘」這是抗日

戰爭中離鄉背井從軍後思念家中父母的愛國歌曲部份歌詞。當時年幼，唱此歌時亦無任何感觸。但等我於民國三十四年考取空軍幼校要遠離家鄉獨自一人到四川灌縣蒲陽幼校報到後，對家鄉的思念馬上湧現。隨後在國共內戰時局匡變中，幼校在三十八年八月底遷往台灣東港。從此對家中親人的信息中斷幾達五十年之久。

開放大陸探親後，我就隨著探親人潮於民國七十八年八月踏上歸途，圓了我近五十年才回到老家的美夢。經過了長途飛行和舟車勞頓，迷矇中我也不知道何時已抵達了家門，當一抬頭看到入境出口處人群中有人舉著一塊「王公昌」的巨大紙板時，一股熱淚奪眶而出，此時不就是那「少小離家老大回」的悲喜情景嗎？雖然未能趕回見到我的父母，至少今生我已圓了多少年來夢想回家的心願。更重要者，在這次還鄉行中已找到了我人生最後旅程中的另一個伴侶「劉麗」。

（王公昌◎四川省重慶市人，一九三一年生。少校退伍）

梁芳來

家人團圓

梁芳來

自政府開放大陸探親以後，我在一九九一年春節，偕愛妻第一次回家鄉瓜子洲祭祖團聚，當迎接我的專車由廣州抵達家門時，已是萬家燈火了。歡迎我的親友，早已聚集堂前，自如門庭若市。鞭炮聲，人們歡呼聲，不絕於耳。爺爺大哥大伯回來辛苦您了。胞弟迎上相擁而泣，痛哭失聲。想到初回景情真切，歸來之嘆，莫不淚潸然。

皆大歡喜

午餐後，分別與族人及家人在堂前家門團圓合照。送往迎來更是熱情可感。門前張貼歡迎的對聯，橫批四字曰「皆大歡喜」。離別時，依依難捨，眼淚奪眶而出。此情此景沒齒難忘。

（梁芳來◎江西省遂川縣人，一九三〇年生。營輔導長上尉退伍）

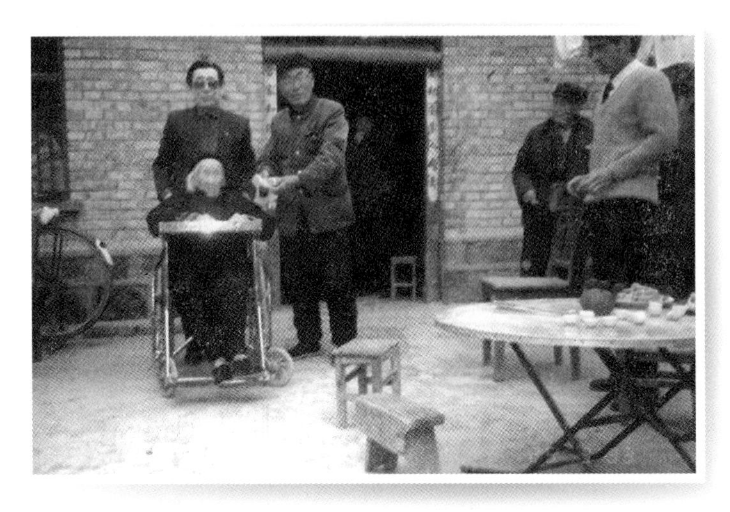

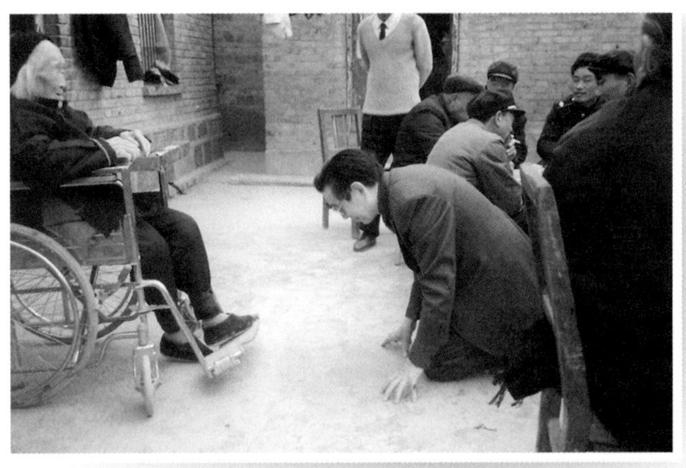

返鄉見母親

彭飛

我名彭飛，乳名天送，河南夏邑人，民國十三年生。僅六個月大，家父便參加革命從事北伐，戰死沙場。慈母韓氏，年二十一即守寡育孤。我年十五因家大業大，故娶大我數歲之妻蕭氏助理家務。七七事變，日寇侵華，舉國憤慨，我毅然辭母別妻，投筆從戎抗戰，臉胸腿部多處負傷。

勝利後，國共戰起後無法回探家庭；三十八年隨軍來台以陸軍中校退役，思母怙愍，曾寫過「想念故鄉」及「憶故鄉念先祖」等文，以表思鄉念母之苦。因我是地主、反動派、黑五類份子，母被鬥致腿成殘，無法行動，妻被逼改嫁他人。拜開放大陸探親之賜，即搶時攜帶輪椅返鄉，母子相見，跪母前抱頭痛哭，訴不盡數十年離別懸念之情，適母生日，母命捐款重建祖祠，并纂修族譜為壽禮。

（彭飛◎河南省夏邑縣人，一九二四年生。陸軍中校退休）

許文華

親情

許文華

民國七十五年九月廿三日，我們全家和內人家族一行八人，從小港出發經香港轉機抵達大連，展開計劃許久的返鄉探親之旅。九月廿四日晨返回旅順老家大甸子村，探望了八十五高齡的大伯母，兩年前岳父過世之後，她是目前仍在世的唯一長輩，身體還算硬朗，不但識字、抽菸，聽說還可以穿針呢！上午由大哥和四哥陪我們上墳祭祖，二哥和三哥一早就出海捕魚去，從各地趕回旅順的幾個嫂子則在家以辦桌的規格，準備迎接老叔在台灣出生的第二、三代子孫們！

待祭祖回來後，院子裡早已堆滿了現撈漁貨，還有用地下水冰鎮的青島啤酒；廚房裡大嫂們忙著擀麵、蒸玉米餅，不一會兒功夫，就招呼大家趕快入座，我們八人加上大、二哥一起圍繞在炕上，陪大伯母用餐。席間三哥來敬酒：「歡迎弟妹們回來！鄉下地方，就這麼大！雖然擠了點，但這可是咱的老家啊！乾一杯！」旅順大甸子村老家正午的太陽照得屋裡暖烘烘的，但卻化不開一屋子濃濃的親情，真是令人印象深刻的一餐！

（許文華◎台灣人，一九五八年生。隨妻家族返鄉至旅順、大連、齊齊哈爾等地）

葉大東

重逢似眞還夢，又匆匆

葉大東

兄弟自幼孤苦奔西東，坎坷流離四十冬，日下慶重逢似真還夢，相擁歡樂訴離衷，訴離衷淚縱橫，淚縱橫，歸期又匆匆，又匆匆，珍重再相逢。

——一九八九年四月十三日葉氏兄弟重聚之作

圖中左起四弟葉大東（台灣師大畢業）、葉大椿（中共中級幹部，文化鬥爭中斷了一條腿）、葉大京（憲兵退役，台灣）、葉大容（國防部退役）歡聚一堂，又唱又笑。

（葉大東◎江蘇省泰州縣人，一九二六年生。美術教師退休）

儘管時空再怎麼流轉，存在於心裡的回憶卻始終會是滿滿的，深藏在記憶深處以為被遺忘的潘朵拉盒子，就在這裡不經意時候，意外地打開了。

楊碧雲

父親在繁榮進步的市區裡，
試圖找尋記憶中熟悉的片段。

回憶和歷史交會的那當下

楊碧雲

照片中的爸爸，正專注地看著昆明市區廣場地上的舊街地圖，聽爸爸說那地圖所標示的可能是民國前的街道，因為很多地方他也不是很熟悉。民國卅五年，二十三歲時離開家鄉昆明，民國卅七年就隨著空軍隻身從北京到了台灣，而後這段分隔了二地的漫長年代，是那個世代裡許多人共同的失落與哀傷。

時代在進步，記憶中一景一物隨著建設改變也早已不復存在，回憶和歷史交會的那當下，隨著目光移動腳步試圖找尋記憶裡熟悉的過去，爸爸想起了什麼？是孩提時候過年時和家人去廟裡祈願的熱鬧？是年少時帶著弟弟從住處溜冰溜到機場的輕狂？是男兒志在四方的雄心？還是無法承歡膝下的那份抱憾？每回爸爸返鄉，最常掛在嘴邊的，就是指著某處說「那時候那裡怎樣怎樣」、「當年那裡是如何如何」，我們都知道，過去再也回不去，生命依然是要向前邁進。可是在輕描淡寫的描述之中，我似乎碰觸到一直以來為我擋風遮雨擁有硬漢形象的爸爸，心中的那份柔軟。

（楊碧雲◎雲南省昆明市人，一九七九年生。現為公務員）

胡光東

父親的照片
與兄弟孩子合照

父親的照片

胡光東

民七十四年，思家之心益切，由於上級規定，不准與大陸通信，所以於民七十四年的六月寫封家書，託由我一位榮獲美國博士學位之同鄉代轉，經過了五個月後乃再書寫第二封信給他。此時他正好至我湖南講學，即於民七十四年十一月十三日親將我信送往我家，孰知父親於十一月十二日去世，若早一天送達，父親在興奮之餘可能等待？還是會溘然長逝？迄今思之，令我十分困惑，為何四十多個寒暑都已過去，卻等不及於一瞬呢？

與兄弟孩子合照

（前頁下圖合照）前排中為二弟光鑫，曾當過警察、礦工，前排右為三弟光炤，在家務農，勤儉持家，前排左為四弟光遠，為小學教師，後排右為我之長子昭陽（乳名旣賓，前頁上圖左），左為我次子昭燃（亞賓，上圖右）。

兩個孩子成長過程中，由於他們的父親（我）生死不明，他們的母親經常噙著淚水，撫養兄弟二人，叫天天不應，叫地地無門，受了許多艱辛，好不容易分別長至十五歲、十一歲後，又因思念我心切，罹病而死。可憐兩個小兄弟成了無父無母的孤兒，幸其爺爺把他們二人拉拔長大，作為兄弟二人的父親，不僅內心不安，尤深感內疚，雖然他們知道為時局造成，但我仍自責不已。

（胡光東◎湖南省桂東縣人，一九二五年生。陸軍軍官上校處長退休）

孫者三

這怎能
算是墳墓!?

這怎能算是墳墓!?

孫者三

自一九八七年政府開放探親以來，鄉人前後探親者絡繹不絕，父母去世消息不斷傳來，我心中存疑，期待早日返家求實。惟身羈軍旅不得探親，故遲於一九九〇年三月二十日，始偕妻踏上睽違五十年的故鄉——山東萊陽姚格莊。

近鄉情怯，進了村莊，找不到家門（被拆），卻被久候該址的親人一擁而上，把我倆擁向不遠的新房，屋內擠滿了人，全不認識，幾經介紹，才知全是自家姐妹和甥姪晚輩，我無心一一辨認，只想奇蹟出現，立刻見到父母親，但看來看去，尋尋覓覓，終未發現雙親，失望透了，心想大概父母確已死亡，證明傳言是真，淚眼再端詳身邊由少變老的眾姐妹，大姐、三妹依稀像母親，六妹尤其像父親，至此，我才承認她們的確是我的親姐妹。

正要開口問父母，六妹突把我拉到另一間屋內，二人

相擁而泣，她哭著說：「父親被鬥而死，屍棄原野；母親想你想得哭瞎了眼，文革期間又被餓死，無人送終；兄嫂染病相繼死亡，草草了事；我們老家早被拆光……」話未說完，感覺心如刀割，頭痛似裂，恨不得即刻返台，結束這悲慘之旅。

次日前往掃墓，近午時刻到達麥田一隅，但見面前一坏無碑新土，大如斗笠，高不逾尺，鄉親們指稱「這就是我父母之墓」，看了之後不禁氣得捶胸頓足，大喊：「這怎能算是墳墓!?簡直貓狗土埋不如！」正忿怒中，姪兒趨前附耳告知：「此為平原地區，又靠青（島）煙（台）快速公路，規定路旁十里不准有墓，此墓還怕事後追究。」聽了之後，才立刻冷靜下來，和親族燒香焚紙，面前雖非真墓，仍是嚎啕大哭，願父母在天之靈，知我心中痛苦，如若有緣，九泉地下再相見。

（孫者三◎山東省萊陽市人，一九三〇年生。陸軍上校退休）

劉博智

返鄉瑣記

劉博智

細姑媽長我三歲，同為小時玩伴，亦形同小保姆，我母親

病危時，她按時為我送飯；她按時為我送飯；我在官橋開店，她雖已嫁到王堂會村，但仍常懷抱襁褓中的長女，步行二公里來官橋為我洗衣。當我離鄉前，她母親老嬤竟特別為我提前吃「年飯」送行，三代恩情，感念不已，未料戰亂一別數十載，生死未明，此次重逢，不禁抱頭痛哭。

（劉博智◎湖北省廣濟縣人，一九三一年生。陸軍少校退伍）

鍾劍峰

遊子淚（節錄原作）

鐘劍峰

碧空，白雲唱不如歸去
歸鄉激情有七四七連七三七的橋
五十載的泣血思親夢
綴不住已寸斷的肝腸
昨夜秋雨共飲今朝未乾淚
歸心催老了茫茫天涯路
曚曨中熟悉的鄉音驚相思夢

酒醉飯飽後，不能空手回，
握手又叮囑，年年有此日。

荒山，黃土故鄉容顏改
淚水灑落似曾相識的土地
不是近鄉情怯
乃驚懼故園予我陌生疏離
昔時的青山綠水今何在？
美好的情懷祇在昨夜夢魂中

故土，故園乍見不相識
山間蒼林巨樹已無影蹤
飛鳥絕、蛙鼓藏、蟲鳴失知音
阡陌、田疇、農莊變模樣
庭院荒涼不聞雞犬兒嬉聲
遊子怯步家在茫茫雲深處

（鐘劍峰◎廣東省梅縣人，一九三〇年生。
郵政局服務三十五年退休）

趙璧

右圖：

兵火燎原撼海天，
雙親囑咐為國行；
歸來已是四十年，
二老成仙赴九泉。

左圖：

昔日田疇多改變，
當年樓閣已成殘；
白頭兄弟相逢喜，
擁坐中堂說萬般。

旅期將盡近終頭，
話轉離聲滿座愁；
最是親情淒絕事，
按輩分贈禮金酬。

亂世情懷聊抒生平之滄桑

趙璧

兵火燎原撼海天，雙親囑咐為國行；歸來已是四十年，二老成仙赴九泉。昔日田疇多改變，當年樓閣已成殘；白頭兄弟相逢喜，擁坐中堂說萬般。

民國三十七年就讀武漢大學政經系二年級時，中共叛亂猖獗，我投筆從戎，隨青年軍二〇一師來台，編入六〇一團本部連當上等彈藥兵，在高雄縣鳳山五塊接受新軍訓練，三十八年九月七日移防駐守金門古寧頭，歷經古寧頭戰役，奮勇迎頭痛擊，此戰震驚中外，乃是我戡亂史上輝煌的一頁，國家危安之轉捩點。開放探親後，我於民國八十一年返鄉探親，天涯海角四十年之思親情懷能得以償願，但家破人亡，相見晚輩，互訴離情別緒，有情不能達，有理無法伸，感慨萬千，仰天長嘆，嗟呼奈何!?

（趙璧◎四川省忠縣人，一九二七年生。教授退休）

高宗仁

右圖：返鄉見到祖父親手栽種的柳樹，往事歷歷在目。

左圖：腳下是祖父當年開鑿的水井。

老家留存的祖父畫像。

祖父的栽培

高宗仁

我與祖父整整六十年沒見面了，最不能忘懷的是他的教誨與栽培。我幼時失恃，賴祖父母撫養，爰以受寵致成頑劣固執。祖父想方設法盼我變化氣質：延聘家師教《三字經》、《百家姓》及諸子名賢集，用以啟蒙；但他仍親自諄諄督責，如嚴師裁其跅弛。

我要至包頭伊中上學，原定獨自前往，祖父不放心，親送至蒙會搭車，車行百公尺突然拋錨，祖父時年七旬，佝僂著腰跑步趕來遞給我十塊銀洋，我說：「夠啦！不用了。」他喘著氣說：「不要緊，拿去吧，在家千日好出門一時難，當心！好自為之，到校就寫信來。」就此一言竟成永訣，每思即此，不禁熱淚盈眶。前年返鄉至老家掃墓探親，目睹祖父種植的柳樹和挖鑿的水井，深感風木之思，源流之念，忍不住嚎啕大哭！

（高宗仁◎內蒙古人，一九二七年生。內蒙古自治區榮譽理事長）

盧永珍

心中的痛

盧永珍

大伯是鐵路警察，留在大陸老家的兒子因此受到波及，因為父親是國民黨的警察，成份不好，被歸類為「歷史反革命的家屬」，早先訂好的親事也被退婚……兩岸開放後，大伯急著返鄉，抱著歉疚贖罪的心情，投下十萬人民幣，三天內風光地辦妥了兒子的終身大事，沒想到斯文害羞的媳婦是個智障。隔年，生了個傻小子，第三年生下個健康的孫女。一九九一年，淮河幹流水位高漲，氾濫成災，媳婦趁亂，消失無蹤，做丈夫的情何以堪，日夜尋妻，一個沒留神，掉進河溝裡，第二天救起來，早就沒氣了！大伯為兒子完成的娶妻傳宗接代心願，盡在河伯的肆虐中隨波逐流。

但大時代衍生的悲劇依然未了，這邊的大伯母反對接回那邊的孫子女，大伯為「託孤」大事返鄉進行「公益捐款」，孫子女得以在孤兒院中長大！二〇〇三年，長江氾濫，淮河水泄淹沒了萬畝良田，此時大伯已患口腔癌住院化療，仍強打起精神，回鄉捐款賑災，藉機安排傻孫子日後的生計。大伯不幸的就在二〇〇五年十一月十三日病逝榮總，這第三代的香火是大伯心中的痛！

（盧永珍◎安徽省懷遠縣人，一九五一年生。公務員退休）

未了的心願

盧永珍

父親有生之年有一樁未了的心願，就是未能替二老送終。身為長子的我，在民國八十二年代表父親回鄉掃墓，返鄉期間，憑著叔伯姑舅片斷的記憶，道出逃離的艱辛，嘆！家人流放之苦，嘆！祖父母年邁孤寂無依的窘境，嘆！文化革命破四舊置祖先的墳墓何在？

父親在韓戰期間，曾參與赴板門店接引「反共義士回歸」等公務，就因為這些工作，老家受到牽連，三位叔叔嚐盡有家歸不得的辛酸，大姑挑起家計的重擔，小叔亦因腦瘤病故，身後蕭條。栽培姪子就讀大學的責任，就由我一肩扛下，以彌補父親盡忠卻未盡孝的遺憾，並連結一代一代生命的歷程，譜出愛的樂章與關懷。

（盧永珍◎安徽省懷遠縣人，一九五一年生。公務員退休）

吳家祥

天津尋根之旅

吳家祥

民國九十五年九月二十日，九十歲的我由二女兒陪同二度踏上了故鄉天津的土地。人事景物變化很大，老家現在已無我的親人，只剩下妻妹李競芳一家還健在。此行最要緊的是「尋根之旅」，二十七年原住的天津河北二馬路二賢里三號經往原地尋覓，都蓋成樓房了。幸好找到一棟二賢里一號的樓房，趕緊拍照留念，里名既然沒有改，依稀原址就在附近無疑。

臨走時我們和競芳一家照了一張合影。我最大的感想是八十一年我和妻李雪惠去津時，競芳家的廁所老舊沒有抽水馬桶，臨走時給她的美金紅包（百元）她也收下了。這次二度返鄉，她家廁所不但有抽水馬桶，淋浴設備，而且磁磚也換新了。尤其臨走時照例送給她的紅包首度婉拒收，她說她和妹夫的收入是足夠用的。可惜今年內子病故，不能一同返鄉是唯一遺憾了。

（吳家祥◎天津市出生、成長，一九一七年生。聯勤中校退休）

呂玉綿

有親可探歸不得　只有回家哭墳去

呂玉綿

因國共內戰，民國三十八年春隨軍來台，迄七十九年間逾四十餘年，那時日思夜想，此生若能返鄉一趟探望年邁的父親，也就不虛此生。家鄉老父已入耆耄之年且雙目失明，余自幼喪母，全賴父親身兼母職把余養育成人，隨軍來台之後，豈知返鄉之路何其遙遠艱辛。幸賴政府當時一連串的革新措施，解除諸多禁令，尤以允許前往大陸探親，致使至親骨肉有相見之日，然就在思考返鄉之際，卻換到大陸老家輾轉的信，告知余父已於文化大革命餓死於居所，晴天霹靂正打在余之頭上，閱信時故作鎮定片刻後，一時埋首嚎啕大哭，生為人子，何其不孝，俗云：「樹欲靜風不止，子欲養而親不在」，為人至此情何以堪。大陸老輩親人多已作古，然仍有旁系堂兄弟姊妹及侄子侄女，仍是朝思暮想，望眼欲穿，盼能返鄉探親，一償宿願。

（呂玉綿◎湖南省衡陽市人，一九三二年生。營輔導長少校退伍、公務員股長退休。）

邢福岩

右頁：
路旁一處仍在工作中的石碾，
勾起許多兒時的回憶。
與侄孫女娟娟合影於一九九九年九月。

左頁：
村內長者陳長勝先生（右）
竟「裝聾作啞」達數十年，
真是奇事！但此時吐露實情，
卻又滿溢關懷的真情。

轉碾

邢福岩

一九四八年中秋濟南戰役後，家人四散至東北、江南、青島等地，我隻身隨學校流亡浙江、廣州，至四九年七月渡海至澎湖，來台後成家創業，現已是十三口之家，子孫歡樂一堂！自大陸開放後曾返鄉五次，此次為一九九九年先去青島轉淄川東坪山頭村，住半個月，期間上墳祭祖，並由大哥孫女兒娟娟陪同爬山，走遍家鄉大街小巷，找回兒時記憶。照片中的「轉碾」，就是小時候放學回家幫娘親碾壓五穀雜糧煮飯充飢。歲月悠悠，五十年後的今天，物景依舊，人事全非。

裝聾作啞

村內長者陳長勝先生乃我家之恩人，自從家中發生事故，家人離散，父母逝世，均由陳先生親自處理善後。見面時老先生僅穿短褲，打赤膊，對天涼沒有半點寒意，緊握著我的手，不發一語，淚流滿面，經探詢方知其幾十年來耳聾眼花，無法表達。

返台後，遍尋醫治良方，並購買助聽器一具，於第二次返鄉時，親自帶去面交陳長勝老先生，當時他大聲說話：「我沒有病，也不聾，只是生活在現實社會裡『裝聾作啞』，過自己的生活，把助聽器送給真正需要的人吧！」真是奇事，他年逾八十，身體健壯，見面時緊握著手，兩眼對視，流著真情的淚水！

（邢福岩◎山東省淄博市人，一九二九年生。軍職退伍）

高先覺

重葬父親及大陸尋子

高先覺

一九八八年，政府開放回大陸探親次年，我於三月三十日回皖北家鄉，四月廿三日返台。第一次探親做了兩件有意義的事情：第一，將二姐送給鄭州焦家收養的外甥焦雲貴帶回家探母；第二，我父親是一九六〇年暴政及天災餓死的，無棺捲埋數十年。後經親鄰幫助，找到屍骨，購置棺木，建靈棚，鄭重辦一次與母合葬喪事，聊盡孝道萬一。二〇〇六年九月隨旅行團去洛陽開書畫展，及賞牡丹，特去鄭州看外甥焦雲貴，他現在兒孫滿堂、樓房幾座，在高級飯店擺兩桌請我吃飯，我甚

為安慰！

民國一九四九年底，我隨軍由海南島來台，與妻兒失散，相距數千里，相隔幾十年，音信全無。以後得悉，妻攜子到北京她大哥家，將兒子交大哥撫養，等了我六年，為生活另外改嫁。現兒子已五十餘歲，一九九九年二月廿八日，第一次與我見面，骨肉團圓；數年來更相繼與我在台兒女，及留美么兒分別會晤，以便日後互相連絡，互勉前程。今二〇〇六年九月底，趁兩岸中秋包機直航方便，我個人曾到北京與兒孫同渡中秋，並在北京白家大院（大宅門）設宴請兒子親朋男女十四人共同賞月。

（高先覺◎安徽省人，一九二三年生。上校退伍，後於中華電信退休）

張家駿

與大陸家人同遊故宮與長城

張家駿

民國七十七年五月十八日，偕妻張魏玉因，赴大陸探親，路經香港飛抵北京。有家住北京的表弟趙中燕，及家住石家莊的姪兒義方在機場迎接。義方是我大胞兄的兒子，現年五十歲。我在三十六年九月離家鄉時，他才八歲。分別四十二年，見面激動可想而知。

表弟趙中燕，是三姑媽的兒子，整天與我玩在一起。我那時十二歲，他兩歲。而現在他已五十二歲了，生了一個兒子趙奭，現年七歲，神采奕奕，頗為俊秀，對中國傳統書法，天賦異稟。曾在日本東京參加「世界兒童書法競賽」中得過首獎。當眾揮毫，贈我一屏條。題曰：「下筆微雲起泰山」。蓋因聽說我曾寫作出版過八十幾部通俗小說而引起，現今那屏條仍懸掛於我台灣家中客廳壁上。如今，時光匆匆過了十八年，我也未再去大陸。聽說趙奭已經讀大學了！

（張家駿◎河北省人，一九二七年生。陸軍少校退伍）

畢珍麗

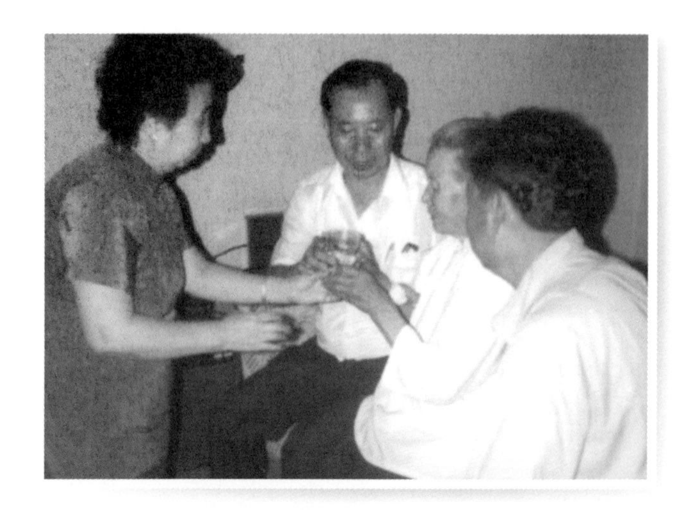

重逢

畢珍麗

兩岸開放探親的前三年，爸媽從香港轉進廣州，母親見到她的婆婆，父親也與四十年不見的母親團聚。奶奶由叔叔和姑姑陪著，從山東坐火車到北京，再轉乘火車，花了三天兩夜的時間才到廣州。這在當時是她一生中最遠的旅程。奶奶見到久別的兒子，加上旅途勞累，顯得有些驚魂未定。爸媽小心翼翼地奉上水，要奶奶定定神，接著請奶奶端坐，受兒、媳的跪拜大禮。對媽媽來說，其中牽動的情愫如新媳婦見婆婆；對爸爸來說，卻是失落多年的親情得以接軌。此情此景，讓七十六歲高齡的奶奶直說：「你們這麼一跪，讓我都『而直』了！（山東方言：傻了不知所措之意）」她作夢也沒想到還有這麼一天。

（畢珍麗◎山東省人，一九五六年生。家管、義工）

奶奶後來曾來台住了三年多，
和小曾孫東東、安安（五妹的兒子們）
建立了感情。
但時隔兩年後孩子們重見老太，
竟顯得怯生生了。

杜奇榮

碎裂的水泥棺材

杜奇榮

看，雜草中殘破的水泥塊是什麼？是倒塌的墻壁嗎？是野外廢棄的茅廁嗎？都不是，那是一口崩裂的水泥棺材。

民國七十九年，我第二次回河北省老家，探望被紅衛兵打聾的老母，以及摘掉「黑五類」帽子的弟妹們。雖是第二次回去，親人們仍有說不完的冤屈，道不盡的憤慨：多次的政治運動，鬥死與餓死上千萬的老百姓；為了增加糧食生產，下令所有的墳墓都要剷平作為農田；死人不准土葬一律火化。

當時八十多歲老母，聽到往生後都要火葬，懼怕得日夜都不能安眠。事實上，在那個年代，想土葬也買不起棺材，因為棺材店也早就沒有了。弟妹私下商量，仍希望將來能為母親舉行土葬，屆時悄悄埋在三弟的後院即可。土葬一定要有棺材，二弟家修房子剩下了兩色水泥，我的兩位老弟憑當年響應毛澤東土法鍊鋼的精神，就用水泥做了一口棺材。頭一年還像口棺材樣，第二年就裂開了，兄弟倆只好把崩裂的水泥塊，棄置於村頭的雜草裡。可憐老媽在一九九一年逝世後，仍舊只能火葬。

（杜奇榮◎河北省樂亭縣人，一九二九年生。陸軍少校轉任教員退休）

王正中

悲歡離合情脈脈

王正中

一九九二年七月廿四日，離家四十七年後返鄉，首先在南京金陵大飯店與當年未完成結婚大禮的顧素珍姐及親弟弟等家屬見面，珍姐淚流滿面拉著我的手說：「我等著你回來，等得好苦哦！……但我沒有白等……」這時她的臉上露出淚水未乾的笑容，我們周圍的人也笑了。

從南京回到蘇北老家後，我打開從台灣帶來的禮品和我在台灣的全家福照片，素珍姐對任何禮品沒有興趣，注意力全在我全家福的照片上，連聲說：「好，好，王家的根在大興王家莊，也在海外台灣留下王家的血脈。」我當時被她的真情流露，感動得熱淚盈眶。一九九九年十一月素珍姐離世前，我回鄉去探望病重的她，她怎麼也不相信我會專程回去看她。

圖中為二〇〇一年，素珍姊已經辭世一年多了，我和在台灣成親的內人在弟弟家門前，與王家小輩合照，其中除了弟弟外多是不相識。

（王正中◎江蘇省漣水縣人，一九二八年生。退休牧師）

輯四

修墳祭祖情脈長

入圍作品

回家了，修建了祖墳，見了家鄉所有親人，斷了線的珍珠一顆一顆地拾了回來，從此我便不再是飄零的大萍。但我還能再回去幾次？只有這些回憶靜靜的陪著我共度餘年……

溫湧泉

親人迎親人

親人迎接
與家人團圓

捐善款建設桑梓、興建學校及濟貧

親人迎接　與家人團圓

溫湧泉

民國七十七年正月初三偕妻洪氏，懷著既驚又喜的心情踏上回鄉，大年初十抵達門，放眼望去，在濛濛細雨中，看到守候多時的人群與舞龍舞獅部隊，原來是為迎接我倆而來的，霎時，令我受寵若驚，第一位箭步趨前來的是大哥，兄弟擁抱、哭泣，彷如隔世，相視無言淚不止，此刻此景足以動天地而泣鬼神，漫長的歸鄉路走了四十年，尤其看到歡迎標語上寫著：「此是故鄉非異鄉，且喜親人迎親人，漫漫四十年天各一方誰知離別意，茫茫三千里海峽兩岸共戀骨肉情」。親人親情的呼喚，既感動又溫馨。

（溫湧泉◎江西省上猶縣人，一九三一年生。陸軍官校教官退休）

莊敏泉

幫媽媽「搬家」

莊敏泉

民國八十年春節前夕，我帶著內人返鄉探親，姐姐也從新疆趕回老家，和我們團聚。臨別之時，交給我一項任務，要我幫媽媽「搬家」。

媽媽很早就過世了，當時遺體並未葬入祖墓，而是葬在她和爸爸剛置下來的一塊農地上。後來，父親再娶，後媽又生了一大群孩子。我們兩姐弟，一個在新疆，一個在台灣，媽媽那麼孤立在農地中央的荒塚，只有在姐姐回來的時候，才得以除草、添土，整頓一次。八十一年，父親過世，我立即連絡二弟，請他替我辦理此一繁重的工作。二弟費盡心力，完成任務，使我萬分感戴。

（莊敏泉◎河南省平玉縣人，一九二七年生。國小教師退休）

右頁圖：
民國六十五年，
政府開放對大陸通信，
我央求姐姐，
寄來母親的墓園照片。

左頁右圖：
二弟為母親整飭新居。

左頁左圖：
棺木入穴、填土，晚輩叩頭行禮。

周蘭新

上圖：
掃先爺爺奶奶之墓（湖北京山線羅店鄉周家河）——
媽媽跪在地上，
我扶著媽媽陪著跪下，
族人都站在一旁看著我們，鋪在墳上的往生錢，
是從台灣摺好帶過去的。

下圖：
掃先叔叔之墓（湖北公安縣農村）——
背對著鏡頭的我，正準備著祭拜的祭品，
坐在地上大哭的是未過門的嬸嬸，
站著擦眼淚的是媽媽。

掃爺爺奶奶之墓

周蘭新

大陸開放探親後，媽媽已回去過兩次，但這次堅持要大哥與我請假，陪她回去掃墓，媽媽說她腿痛、腰痛，可能沒有幾天好活了，在她還有體力時，一定要代表爸爸回家掃墓。媽媽要告訴爺爺奶奶，當年由大陸帶出的大哥，已長大了，而在台灣又有好幾個周家的後代，由我代表，藉以告慰爺爺奶奶在天之靈。

爺爺是大地主，又是當地的地保（鄉長），在清算鬥爭中，首當其衝，加上爸爸在台的工作，更讓爺爺難逃受苦受折磨的命運。據二表叔說，爺爺是給打死的，奶奶在爺爺結束生命的當天，也上吊自殺了。二表叔乘著天黑時，將爺爺奶奶的屍體用草蓆包起來，埋在後院的樹下。媽媽預備要回去掃墓時，請二表叔在當年埋葬爺爺奶奶的位置，立個墓碑。

大陸掃墓回來後，媽媽的健康，如江河日下，於一九九七年十月病逝。還好，這趟返鄉省親掃墓之旅，是先母在她臨去之前成行的，也帶著我們認識故鄉親長，表達了一點後世子孫，孝敬尊長之意。

（周蘭新◎湖北省京山縣人，一九五一年生。高中教師退休）

譚化豐

祭祖，會長輩

譚化豐

民國七十七年，政府開放探親，我於七十九年九月獲准同內人前往（當時我仍為軍職，故需主官批准），由於家居黔東北之湄潭縣，交通不便又偏遠，真可謂「江山依舊，人事全非」，父母、長輩、兒時玩伴，相識者，少也。此次探親在我胞姐家僅留宿兩晚，除祭祖外，則無任何活動，更未與縣對台處接觸，急急離開。

我於九一年秋，與內人再次返鄉探親，此次時間較長，在我姐家住了七天，除再次祭祖之外，就是拜訪親友，經查在世親友已不多，長輩僅數人，同輩、學友，鄉賢，也不過十餘人也，經與胞姐全家商議，選定時日，請他們全家老小至姐家便飯、相會，共敘離情，我姐家全體動員，自辦十數桌，由我內人奉送紀念品一份（小孩紅包一個），皆大歡喜。

（譚化豐◎貴州省湄潭縣人，一九三〇年生。軍職退休）

栗松山

上圖：

「飲水思源」紀念碑——

位於祖居倉房溝坑裡下方第五號小橋橋頭之旁。

下圖：

民國八十七年春節，偕長子返鄉探親，

離別時族中親人齊聚碾道廣場，

冰天雪地饒富風趣，

送君千里終有一別，離情依依溢於言表。

左圖：

遲了四十年的祭祖掃墓。

民國七十九年清明，回鄉為父親立碑，

宣讀祭父文——

父母親恩澤似海，

兒孫未報三春暉；

國難家事急相煎，

八千里路遙相思。

飲水思源
父親，五兒回來看您了！

飲水思源

栗松山

一場莫名的戰爭，教千萬個家庭的親人離散分別。造成歷史的傷痕、人類的悲劇。在這一萬八千多個日子裡彼此期盼思念，甚至於終老一生永成訣別。

所幸兩岸開放，打開彼此間關閉之門。先是間接通信，建立了親情間聯繫脈絡，探親形勢豁然開朗。雖然不能三通直達，但轉個彎經第三地香港過境，再換機到鄭州，折騰了三天，我終於回到了河南太平鎮原鄉故土。

俊山弟等在南陽迎接，兄弟五十年後相見，興奮難過，一齊湧上心頭。到了家裡見不到父母，幸而部分兄弟姊妹還在，這時候喝一口故鄉泉水，依然是原味香甜。但見祖祠破敗院圍零落，不勝唏噓感慨！原來的房間，母親睡的床鋪依然保存著，我住上三天，讓我有機會回憶與補償當年母親生我養我的恩惠。我走遍栗族的所有墓園，向過世的親人族人行禮致敬，內心盤算著這四、五十年他們如何過日子？我進入舊居陋室的樓上樓下，親人們已經把毛像取下換成栗氏歷代祖先的牌位，讓我叩拜行禮。

三次的探親我也盡可能拜訪每家親鄰，與他們敘舊，紓解半世紀以來的思念情懷。期間我先籌款修了倉房溝中的五座小橋，並在坑裡下方第五縣橋頭的水井旁建了一座「飲水思源」紀念碑，以誌念對原鄉山水恩德，以及對鄉親參與五座小橋施工辛勞之感謝。之後，我責成俊山弟督促親人重修「文會堂」祖祠，歷時三年完成一棟一樓石材二樓磚料的雙層建築；應在民國八十七年春節進行完工及敬祖上匾儀式。

探親過程艱辛，團圓意義重大。歷史的悲劇過去了？但是結局還待觀察。人生之恩怨何時了!?

父親，五兒回來看您了！

我年少時即參加「十萬青年十萬軍」，勝利後原想歸鄉，但到了河南駐馬店之後，卻被八路軍截住；處在萬般無奈之中，父母的期待、未婚妻的盼望……一切都成空，再也回不去了！我只好隻身經上海乘華聯輪來台灣，再度從軍，歷經軍訓班、二〇七師、本島外島、野戰部隊到特戰部隊，直到民國六十二年退伍。

開放探親回鄉時，父母早已變成荒郊野外黃土一坏了。這場遲了四十年的祭祖掃墓：再多的痛悔都不能換回父母對我的期望，「師旅團長」我也沒幹過：「娶妻，生子，得孫」也沒有讓他們看到……。我銜恨終身，罪業深重！雖前後三次帶著妻子兒女探親，為父母立碑掃墓，但我是個不孝之人，不曾為父母盛過一碗飯，端過一杯水。說起父母之恩心情沉痛，提筆作文淚水與墨水交流，百感交集。時代悲劇為什麼在我們身上不折不扣的演出!?

（粟松山◎河南省西峽人，一九二六年生。陸軍中校退休）

石志全

少小離家老大回

石志全

離開家鄉的時候，我還是個十六歲的年輕小夥子；跟著部隊來台的我，一直以為不久就會跟著部隊回去。一年、二年、十年、二十年……，漂浮的大萍，憑藉著堅毅的生命力繁衍後代、興家旺業，遺憾的是，心中總有個缺口，思念家鄉的情、沒有根的愁，總在平淡的生活中悄然滲出，更在團圓的節慶中排山倒海而來……。

七十六年，一位同鄉回鄉探親，為我帶來了胞弟的信，得知除了雙親之外，大哥亦已去世。悲傷是必然的，更加憂心的是：我還有機會見到其他的兄弟姐妹？有機會到老人家的墓前去祭拜嗎？七十八年，踏上返鄉之路，當飛機落在鄭州機場時，我倒是「近鄉情怯」了？看看自己染黑的白髮，滿布皺紋的臉，真是「少小離家老大回，鄉音無改鬢毛衰」啊！當抵達家鄉與大姊、二弟見面時，激動地抱頭痛哭，久久不能停息。

首次返鄉，修建了祖墳，見了家鄉所有的親人，斷了線的珍珠一顆一顆地拾了回來，從此我便不再是飄零的大萍。開放至今共返鄉八次，不知道八十二歲的我，還能再回去幾次？這一張張的照片，都是我與至親的回憶，靜靜的陪著我共度餘年。

（石志全◎河南省西平縣人，一九二四年生。陸軍飛彈指揮部士官長退休）

張俊生

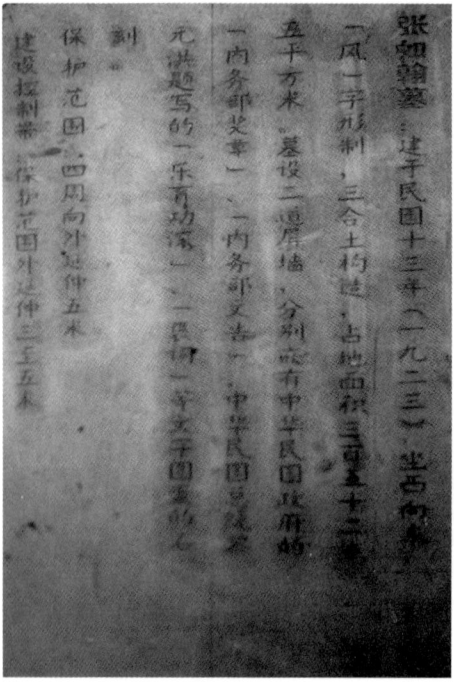

張如翰墓：建于民国十三年（一九二三），坐西向东，
"风"字形制，三合土构造，占地面积三百五十二平
五千方米。墓设三道屏墙，分别嵌有中华民国政府的
"内务部奖章"、"内务部文告"、中华民国总统黎
元洪题写的"乐育劝深"、"[illegible]"等文字图案的石
刻。
保护范围：四周向外延伸五米
建设控制带：保护范围外延伸三至五米

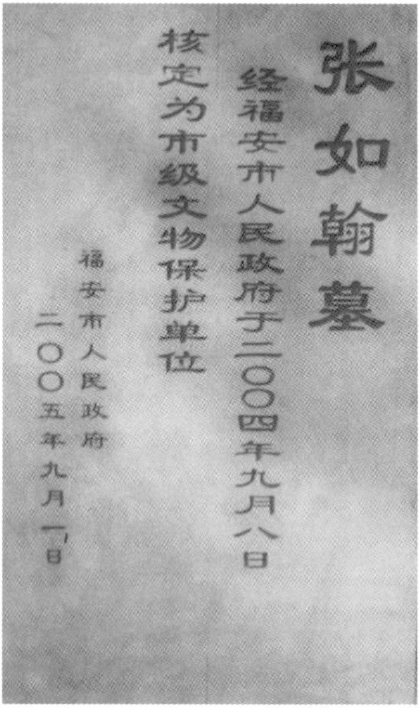

張如翰墓
经福安市人民政府于二〇〇四年九月八日
核定为市级文物保护单位
福安市人民政府
二〇〇五年九月一日

保護祖墳

張俊生

祖父張如翰清舉人，是今福安一中前身福寧中學創校校長，民國八十一年我偕妻及弟清明節返鄉探親掃墓時，祖父墓雖近百年因是大理石砌成十分堅固。八十五年秋福建省突來一陣埋墓之風，凡在一〇四省道上之墓，限一個月內搬遷或埋拆，以免青山白化，祖父與父母之墓亦在其中。

我兄弟等得知此訊息，決議由我代表上書陳情福安市人民市政府及校方，請准祖父之墓以首任校長之名照文物保存法之規定來辦。終於，九十三年九月八日獲得福安市人民政府核准為市級文物保護下來。九十五年春在台弟妹分批於清明節及七月四日回鄉祭拜，我唸祭文給祖父及父母，報告我們兄弟妹為此事花十年時間才完成，此乃我回鄉為祖先做的大事。

祝百年上壽
羅十縣英才

慶 年 104 中 安 賀
青 長 永 百 壽 祿 福
千 萬 氣 年 禧 樂 安
昇 世 揚 校 名 國 中
21 20 19 18 17 16 15
興 廈 華 慶 同 友 學
28 27 24 23 22
生 俊
30 29

母校百年

張俊生

民國九十一年福安一中建校百年慶典，我應邀回校演講，同行者七人返校觀禮，贈一大幅大山水油畫。各縣市領導約五十餘人參加慶典，上台演講者包括我共五人，我感到三生有幸，正因祖父如翰公（前清舉人）是首任創校之校長。

九十五年七月回鄉探親掃墓時，帶回我收集二十八年（民六八～九五）台灣郵票五百二十二套共二〇〇六枚，按花、鳥、魚、蟲、風景、人物、學校等分三十冊，每一冊上有目錄，後有導覽之文。以「福祿壽百永長青、安樂禧年氣萬千，中國名校揚世界，學友同慶華夏興」作為賀福安一中一百零四年校慶之禮物。

（張俊生◎福建省福安市人，一九二七年生。台灣省政府會計室主任退休）

應雨金

譜與墳雜憶

應雨金

我在民國三十八年來台後，念念不忘二件事，即找家譜與上墳。我在台僅有近親堂姑媽，姑丈駱振毅將軍為黃埔軍校六期曾任陸軍第十三軍軍長，七十九年中風初癒，即命內子伴送回杭養病，並託鄉友陳倫雲夫婦護送。內子首次返鄉，由應雀屏與麗軍二妹陪同探親上墳；我退休後即於是年八月十四赴杭探病，至外甥縉雲大妹家探視陪同上墳，新墳已修建完成。並在毫塘老家與老人協會茶敘找到老譜，此譜僅我村保存完整，芝英大族已於文革中焚毀無存。續修完成的新譜《毫塘村志》則於九十一年出版，並舉辦發行大典。

（應雨金◎浙江省永康市人，一九二八年生。陸軍上校退休）

孟興華

歡迎回家：
離鄉背井五十五年，
首次返鄉探親。
物換星移，人事全非。
滿目瘡痍，觸景傷情。
感傷悲痛，淚涔涔！
哥在歡迎人群中牽著我走向家門。

首次返鄉探親祭祖
兩岸交流之旅

祭拜祖先：
華陰市紅岩村居民孟氏為主。
傳說明末，
山東鄒縣孟氏四兄弟逃難至華山山麓、
長潤河畔落腳建村。
繁衍眾多文武名人，建孟氏宗祠。
遊子回家不忘根本，飲水思源，感德報恩，
祭拜祖先情景。

右圖：呈獻捐款——
華陰市紅岩村鄉親歡慶中秋佳節與
建校基金募捐大會在孟氏祠堂合併舉行，
旅居台灣及西安孟氏宗親均返家共襄盛舉。

左圖：紅岩小學落成——
捐款與興建過程極為曲折，
其中辛酸鮮為人知。
包括村長與金光黨先後詐騙我家姪、
建設公司登門恫嚇討債等等。
後雖命名為「興華大樓」，
竟連落成典禮也無！

與鄉親同樂：
此次返鄉，專程捐款建校，
並享受家鄉中秋佳節生活，
回顧童幼年活動情景。
因此大會後，人未散，
敲鑼打鼓同樂，
回到少年情景，
不亦樂乎！

首次返鄉探親祭祖，兩岸交流之旅

孟興華

民國二十六年冬，我未滿十三歲，為抗日救國投筆從戎，參加陝西省抗日義軍，離鄉背井，流浪天涯海角，戎馬倥傯，離鄉背井五十五年。

首次返鄉探親，物換星移，人事全非。滿目瘡痍，觸景傷情。感傷悲痛，淚涔涔！哥在歡迎人群中牽著我走向家門。衣錦還鄉，家人鄉親熱情歡迎。

自民國八十一年五月首次返鄉探親祭祖至八十六年六月返鄉兩岸交流，共返鄉六次，觀光旅遊十次，每次返鄉均含和平交流意義。民國八十五年九月返鄉回饋桑梓之旅，建校捐款活動後致贈華陰市政府兩面錦旗：一是「開拓華陰，興華利民」；二是「兩岸皆是骨肉親，和平奮鬥興中華」。因製作不及未能親贈，之後由宗親孟立團、孟廣治代表贈送。其餘改善家鄉生活設施之捐款募款、學術交流與組團旅遊、座談演講等活動，不在話下。

（孟興華◎陝西省華陰市人，一九二四年生。陸軍化學兵學校校長退休）

張贊澤

為父撿骨陪母，造墓雙葬
陪外甥夫婦認祖歸宗

爲父撿骨陪母，造墓雙葬

張贊澤

我在家中排行第五，上有兄姐下有弟妹，是唯一從商者，常同獅子會諸兄到各國從事交流活動，因而探知尚留在家鄉年老母親，雖經共產黨的清算鬥爭被掃地出門，但尚健在人間，過著乞討生活。消息確定，我即邀大姐與三嫂一行於七十五年初次回鄉探親，拜見年已古稀邁進期杖之年的老母親及未逃亡來台的四哥及三妹。七十七年母親病喪，與在台兄長商議後，由我代表回鄉造墓，撿父親之骸骨同母親安葬於原有墓地（大留村張式墓園），為我們遠離家鄉的兄弟盡些孝道。

陪外甥夫婦認祖歸宗

民國三十八年，大姐翠雲帶我逃亡至馬祖，由大哥申請我們來台，四十四年大姐與江蘇籍周子甫先生結婚，當時大姐夫家尚有子女。至姐夫過世時，台灣尚未開放大陸探親，以致姐夫遺憾未能攜帶在台子女回鄉認祖歸宗。八十一年開放大陸探親，我即陪同大姐外甥到江蘇無錫與姐夫前妻子女相會認，九十三年再度邀約外甥夫婦回鄉探親，也給些支助，這是我對姐夫在世時教育我的美德之回報。

（張贊澤◎福建省福安市人，一九四四年生。水電工程業）

李繼壬

守喪三年

李繼壬

家父逝世後，依我們河南老家的風俗習慣，可回家大處三年，以示孝道。因此，事前曾與大陸兩位胞妹數度商榷，最後決定：(1)與家父處理三週年大禪的同時，也為家母處理三十七週年逝世忌辰，並做墓、台碑留念。(2)大宴親友。(3)唱戲三天。(4)由我夫妻手捧父母遺像，各乘轎一頂，在全村遊街、表演。(5)租用大型九門相照安靈祭祀。(6)購買陰間所有祭祀用品，如：洋房、汽車、電視、冰箱、金銀財寶……等燒用。(7)商請由福印堂侄負責主處，二妹負總責。並由福印情商當地兩位很有聲望的卸任老書記來協助。結果，事情是十分順利和圓滿。

（李繼壬◎河南省臨漳縣人，一九三〇年生。軍職退休）

姜渭俊

猶是親人夢裡人

姜渭俊

愛國青年姜渭俊，祖籍山東萊陽人。抗日戰爭第七年，投筆從戎離家園，當時魚雁尚疏通，勝利反而斷了線，思念親人夢相會，醒來枕邊全是淚，喊一聲媽呀，痛苦失聲哀慟悲傷！對自己說要鎮靜，為愛國就要忘兒女情長。

彷彿風箏斷了線，橫渡溝壑與河川，飄泊奔走千萬里，天地遼闊無邊緣，鄉村犬吠斷續槍聲，酸甜苦辣人嚐盡，兒哭在天涯，不知明夜此身又在何方？

敵軍相逢奮不顧身，天昏地暗目眩眼花，敵強我弱折兵損將，遍地屍骨慘不忍睹。戰爭結束狼籍堪憐，不分貴賤集體埋葬。生死不悉或聞半疑，日思夜想寤寐視之，設置靈位祭奠號咷，可憐遍野無定骨，猶是親人夢裡人。

（姜渭俊◎山東省萊陽縣人，一九二五年生。國民就業輔導中心新竹站站長退休）

康金柱

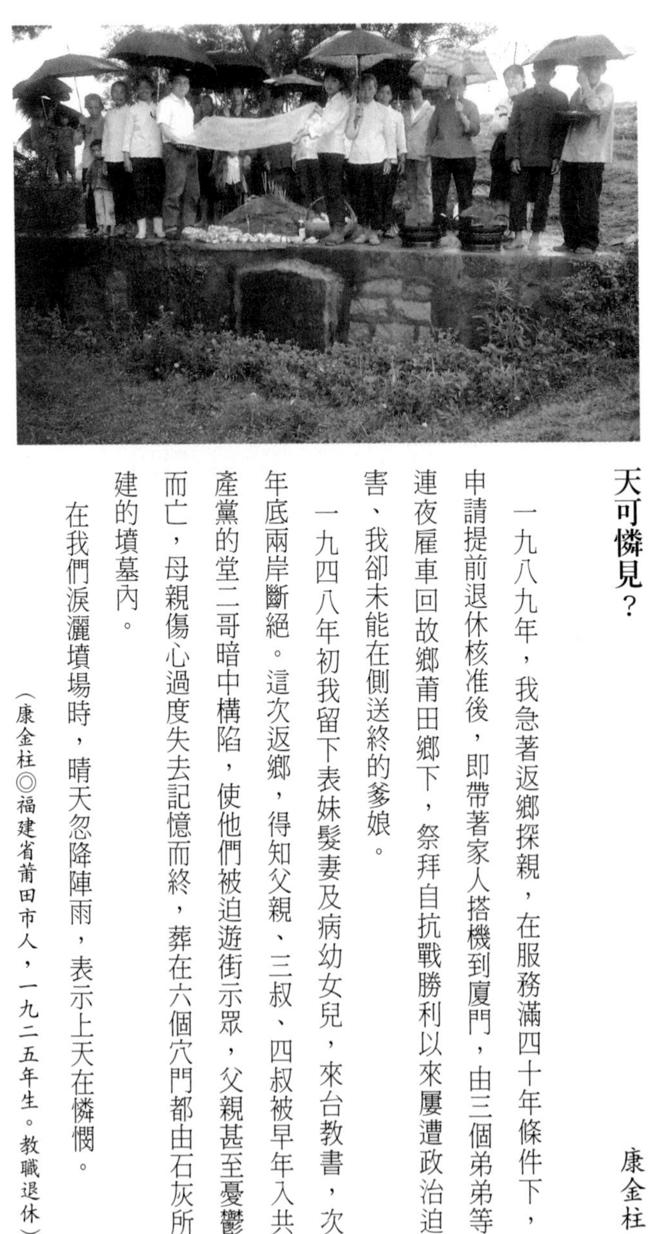

天可憐見？

康金柱

一九八九年，我急著返鄉探親，在服務滿四十年條件下，申請提前退休核准後，即帶著家人搭機到廈門，由三個弟弟等連夜雇車回故鄉莆田鄉下，祭拜自抗戰勝利以來屢遭政治迫害、我卻未能在側送終的爹娘。

一九四八年初我留下表妹髮妻及病幼女兒，來台教書，次年底兩岸斷絕。這次返鄉，得知父親、三叔、四叔被早年入共產黨的堂二哥暗中構陷，使他們被迫遊街示眾，父親甚至憂鬱而亡，母親傷心過度失去記憶而終，葬在六個穴門都由石灰所建的墳墓內。

在我們淚灑墳場時，晴天忽降陣雨，表示上天在憐憫。

（康金柱◎福建省莆田市人，一九二五年生。教職退休）

輯五

此處終是歸鄉路 入圍作品

他靜佇牆前，依著祖國地圖的路線懷想自己正馬不停蹄地奔跑在回鄉的路上。魂牽夢縈的，除了家鄉的父老，還有曾經立下誓盟的青梅竹馬的她……

李傳聖

好肥美的豬肉膘子

李傳聖

民國七十七年間，首次回大陸探親，當時人民生活水平較低，物質缺乏，極需「油水」補充體力，所以白肉（肥肉）比紅肉（瘦肉）價錢高，養豬戶想盡辦法，把豬隻養肥，多長白肉，少生紅肉，以提高收入，所以才出現照片中「好肥的豬肉膘子」那種鏡頭。

經過十多年的改革開放後，大陸人民的生活水平逐漸提高，也知道肥肉吃多了，有害健康，養豬戶也改變了飼養方式，因此再也見不到照片中，那種白肉多的畫面了。更要一提的是：照片中那位滿面笑容的肉商，也因去年的一次車禍而往生，真是見景思情，使人感慨萬千。

大刀切小瓜

李傳聖

民國七十七年，第一次回老家探親時，時值盛夏，有火爐之稱的濟南市，更是酷熱無比，當時沒有冰箱和冷氣，最好的消暑辦法，就是大啃用冷水浸過的西瓜；於是二表弟拿出紅衛兵時代自製的大刀片，切西瓜分享大家，家人都以期待目光望著他，實在有趣。此情此景歷歷在目，但轉眼間已過二十年，切瓜刀的表弟已是五十多歲的中年人了，當年在場的表姪們，也都已學有所成，各自獨立。如今冰箱和冷氣，差不多是每家的必需品，切西瓜的大刀片，也早已變成了「鎮家之寶」，或者已成為紀念的收藏品了。

（李傳聖◎山東省人，一九三一年生。憲兵士官轉任教師退休）

徐銘

盼望

盼望

徐銘

看到她老人家凝重的眼神，寄望有朝一日兒子能返鄉探望她。活著一天希望一天，多活一年臉上的痕跡就多一痕，細數著臉上痕跡可真超過五十多痕。可真是希望一年就多一痕嗎？五十年過去了，相隔五十年的辛酸歷史的故事盡寫在臉上無奈又何奈，破舊的帽子，淚水的雙眼，掉光牙齒的老嘴，五十年來無時不寄望你能早日歸來。相呼應的台灣我那句話望你早歸，她抖動的雙手，抖動的頻率遠遠超過相機能夠清楚捕捉的程度，難怪怎麼照雙手總是在抖動，但今天的抖動是感動。

故鄉的老人家們

故鄉老人家晨忙，笑嘻嘻！秋收豐足冬好過，不禁展歡，真得意今年不愁沒暖冬，閒坐後院煮茶水，閒雲散霧似仙境，看來生活沒壓力，相伴一起散散步。

（徐銘◎台灣人，一九五七年生。自由業、日本合氣道老師）

邵森發

終生爲蔣公侍衛

邵森發

筆者立志要做蔣介石化身。蔣公生前遺願，反攻大陸，解救大陸同胞，終未如願，筆者於民國七十七年九月三日首次返鄉探親，同機到香港有前陸軍總司令于豪章將軍，我們老兵返鄉，也比作反攻大陸，不是帶槍炮而是帶美金。八十八年返鄉遊廬山，到美廬以蔣公遺物、禮帽、手杖拍了多張照片，並委託外交部胡志強先生，轉交美國蔣夫人並附函，代為其完成心願。

（邵森發◎江西省人，一九二八年生。陸軍上尉退伍）

張筱瑩

梁家大院

張筱瑩

二〇〇六年七月二十日，在台第二代一行七人，陪著老父跨海返鄉，車行六小時抵豐寧，沒等過夜，就沿著新街去找舊街了。老人家一馬當先，走走問問。他唸叨了大半輩子的地名，就在前方了呀！小西街、東街、后街、衙門後巷、梁家大院……在鄉親的鄉音中，我們似一列急急溯源的鱒魚。父親詫異著當年的宅子已傾，當年的熱鬧已無蹤，當年的院落大門怎麼就是尋不著呢？焦急佈了滿臉……好在天佑吾父，適時出現了一位公安，因為小時候常往梁家大院跑，所以熟悉，他說前半院改建了大樓，後半院另開了門，隨他走就對了。然後，我們見著了兩棟舊宅子，住了不少戶人家，雖然全無老父親的舊識，但趕在明年就要拆除之前能夠前來，已是多麼圓滿的了了心願了。這如夢的原鄉之旅，母親的照片亦放在車窗上一路上跟著我們一塊兒瞧著了。

（張筱瑩◎熱河省豐寧縣人，一九五一年生，教師退休）

鍾開仁

老家的廚房

鍾開仁

老家的廚房親切可愛藝術充滿生命力，希望一脈相承的血緣，盡在此地維生百年以上，極為感人的畫面。生也在此死也在此，但中國人的代代子孫卻一代比一代強，老人家燒食孫兒們作伴，雞隻也來相伴，半時之後一家人圓桌上菜慶團圓幾杯小酒下肚來，眉開眼笑大家歡。

（鍾開仁◎福建省福安市人，一九二七年生。台灣省政府會計室主任退休）

傅家慶

終於懂了

農具的使用

傅家慶

都市叢林就連稻田都難以見到，更別說使用農具了，在大家團圓的時候，我卻對擺在門口的農具深感好奇，所有人紛紛教我如何使用！奇妙的是老爸，雖然離鄉多年，卻仍記得使用方式，文化和生活背景的差異，沒切斷他兒時農耕的記憶。

荷包蛋甜湯

聽了老爸說了很多故鄉的事，如今才知道很多細節。小時候老爸常煮荷包蛋甜湯給我們當早餐，這次回老家，才發現這是他們兄弟姊妹之間最懷念的小甜點，擺上桌的這碗甜湯，不豐盛，但卻裝了幾十年的懷念，最懷念的，還是再次踏上故鄉土城的老爸。

（傅家慶◎安徽人，一九八二年生，現職八大電視新聞部文字記者）

黃靈恩

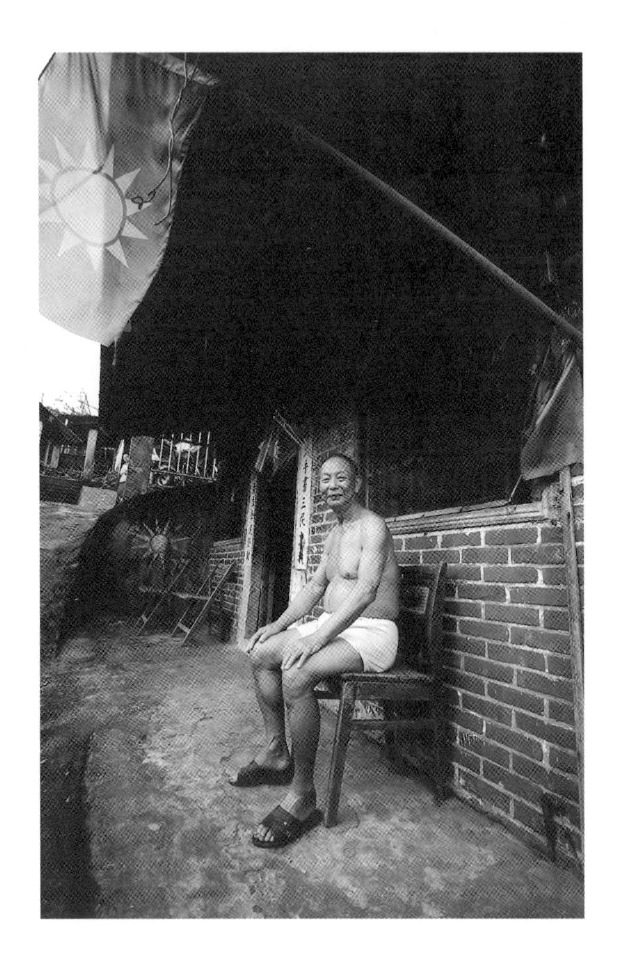

半生兵戎、一生掛念、此處終是歸鄉路

黃璽恩

古書佚誌中的投筆從戎讓從小飽閱經典的譚力飛老伯伯在十四歲那年，離開湖南芷江的老家，投身黃埔軍校為國效力，征討沙場多年的

他仍然不曾澆熄胸中一股滿懷壯志的熱血。歷史的洪流將他沖到了台灣桃園，一個山居的眷村，安逸的生活卻定不下思鄉的心，多少個無眠的夜裡，他只能靜佇於牆面前，依著祖國地圖的路線，懷想自己奔跑在回鄉的路上……。而讓他魂牽夢縈的除了家鄉的父老，還有曾經立下誓盟的青梅竹馬，那一段情讓老伯伯由黑髮到白首，仍然放不下當初的依戀。

回鄉之路終究在他面前開展，尋著記憶的腳步，老伯伯將多少個夜裡的懷念展成腳下真實的回鄉路。但終究歷史留不住一切，家鄉的一切都變了，屋舍頹圮、親人流離，青梅竹馬的她也許早已兒孫滿堂。

譚伯伯釋懷地看待這一切的轉變，他帶著唯一僅存屬於故鄉的關聯——一口湖南鄉音：「沒關係，今後台灣就是我唯一的故鄉，再也不必牽腸掛肚了，我今年八十五，只要還可以提筆，年年都會在這裡，貼上自己寫的春聯……。」

（黃璽恩◎台灣省桃園縣人，一九七四年生。目前從事資訊業）

廖振卿

另類返鄉

廖振卿

二〇〇六年九月二十四，在等待整整四年之後，我終於回到朝思暮想的四川簡陽老家了。

我唯一的兒子，今年也已近七十高齡的傅智祥，前來重慶江北國際機場接我。送我回來的是一位台灣籍的老弟，本名廖振卿，筆名台客。他趁此次前來重慶開會的機會，順便送我回老家，我心中充滿感激。

我的本名叫傅歙然，一九一八年生，今年算起來已有八十八歲了，一九四九年隨軍來台，退伍後一個人孤零零在台謀生，前幾年好不容易與四川老家有了聯繫，也曾多次返鄉探親，但因不習慣老家的生活方式，還是每年往返於台海兩岸。二〇〇二年八月六日下午，我突然感到不適，經友人緊急送醫後，仍然於當天下午二時許病逝於北投榮總。我走了，化成一罈骨灰，但我遠在千里外的兒子卻不知道，他四處寫信詢問、打聽，經歷半年多卻得不到消息。在無法可想下，他突然想到，曾經向台客先生主編的刊物投過稿。他去信請求幫忙，並有賴於台客先生歷經四年時間不斷的奔波與努力，我，這才得以重新返回老家永遠的安居了。

（廖振卿◎台灣省台北縣人，一九五一年生。從事郵政工作，同時也是詩人，現任《葡萄園》詩刊主編）

趙天楫

家是心所在

趙天楫

母親最好看的那一剎那，似乎就是民國三十七年四月，在上海法國公園的一角所捕捉到的。她把這張照片送給了父親，「永戀，贈於上海江灣」。

她與父親在三十七年中結的婚。新竹機場旁的樹林頭、三廠、牛埔一帶，有大大小小的眷村，跳舞是最受歡迎的社交活動，這些在舞池中滑行的飛官，可能第二天就化身黑蝙蝠，滑入了大陸的山野，不再回來了。新竹的35中隊殉職者多，他們是最早返鄉的一批，離開家鄉不到十年，有的掠過家鄉的山頂，有的撞了上去，一陣火花，烈焰騰空，一切又歸於平靜，要到三十多年後，他們的屍骨才能從他們的家鄉中挖出來，送回他們原來不視為家鄉，現在又可能不被家鄉所認之地。我母親所依偎的男人，沒有飛上天，也沒摔落地，但心卻早離她而去。父親在舞池找到了另外的人，母親卻仍在家中等。

最後，她一人孤單的回到故鄉，卻再也沒找到家。黃山上的大笑，或許只是場大哭。她的心，永留在上海公園的那一角。

天下第一關

山河永戀

趙天楫

「山河永戀」，江南在黃山的墓上，有這幾個字。小時知道，大陸山河是美的，匪區是可怕的。故國山河，常入夢中，但一睜開眼，山河都是黑的，只能從幾張小小的黑白照片去神遊，山海關、長城、頤和園……。以後，當我看遍了天下的風景時，終於來到了夢中的第一關。八十三年，我從東北一路走過了大陸大半圈。白山黑水，念茲在茲。迎風舞巾，山河永戀。

（趙天楫◎貴州人，一九四九年生。公務員。）

思想起
——返鄉運動二十週年暨返鄉照片故事集出版之說明

姜思章

1

五〇年代末期，國、共兩黨奪權戰爭結果，造成中國歷史上又一次的民族大遷徙。超過兩百萬的大陸各省男女老幼，大部份都是在抗日戰爭中僥倖存活、剛脫離殘酷的苦難，或剛回到闊別多年的故鄉與親人重聚（很多還未回到家門），卻又在國府一聲令下，被迫再度拋家別親，妻離子散，含憤忍悲，從東北關外、黃河兩岸、長江南北、滇桂邊陲、蘇浙兩廣，在饑饉恐怖或槍林彈雨中，輾轉來到台灣。

從故鄉到異域，從青春到白髮，數百萬人在台灣孜孜拳拳撐過了那物質匱乏之生活窘困的磨練，但那刻骨銘心的想家思親的情懷，並未隨著歲月的消逝而淡漠，只是懍於兩岸統治者嚴厲的禁制、刑罰，將人性中最大需求，壓藏在內心深處，只在謀生餘暇時扼腕長嘆，在深夜夢醒時抱枕痛哭！

2

九〇年代末，隨著時代的進步，世界局勢的緩和，更由於教育的發達，民風漸開，使台灣產生各種型態的社會改革運動；政治的、工人的、農民的、學生的、教師的，風起雲湧，聲勢浩大。而最奇特的就是「老兵返鄉運動」。這運動源自一九八七年黨外所發起的「自由返鄉運動」，其主要目標是欲衝破國府的「黑名單」，好讓羈留在海外被禁止入境的政治異議人士，如許信良、李憲榮……等回台灣。幾經努力效果不佳，乃改變策略，先從要求執政當局開放來台老兵回大陸探親作爲先發，以突顯這一主題的正當性與迫切性。「外省人返鄉探親促進會」於焉組成，很多大陸來台老兵及退休公教人員立即加入，散發傳單，尋找奧援，並在這年母親節有組織、有計劃地走上街頭，在台北市國父紀念館外，集體舉牌、呼口號、發傳單，與警察發生衝突，引起廣大社會關注，經過不斷的努力，在各黨各派的民意代表、許多海內外學者名人、各階層人士響應、聲援下，國府當局終於宣布從十二月起開放一般民眾到大陸探親。

3

一經開放，回大陸探親的同胞，人潮洶湧，途爲之塞。當年悲苦來台的交通線上，如今盡是滿懷欣喜返鄉的遊子。雖然來台之時，大都是青壯之年，有的且爲垂髫小兒，歸去俱成鬚髮班白的耄耋；有的還須依靠輪椅、拐杖或親友扶持。幸運的（或及早回去的），全家團圓，骨肉重逢，興高采烈，快慰生平。很多不幸（或猶豫晚歸）者，雖天心宅厚，終抵擋不住數十年歲月或現實生活的摧殘折磨，不是父亡、母故，就是妻離、子散，人事全非。

然而無論幸或不幸，在經過近半個世紀的分離後重回故鄉，斯土斯人，一草一木，都是生命的源泉，重逢重聚，祭祖上墳，都是人性的基石。有用文字、用照片甚或用歡笑用熱淚記錄下來的，不單是個人或家族的珍貴記憶，也是社會及國家的歷史遺產。

4

本會基於「從外省族群的歷史經驗出發，致力促進台灣社會尊重多元文化」的宗旨，藉由人性的普遍記憶與關懷，促進大陸各省文化與其他族群文化善意與創意的互動，以增進族群瞭解與尊重，並促使外省族群的歷史記憶與族群文化得到保存與發展機會，特舉辦「返鄉故事、照片徵集」活動，不但獲得外省族群廣大的回應與支持，也獲得社會各界正面的肯定與讚揚。

「返鄉探親運動」源自黨外，更是台灣各界人士不分黨派、統獨、省籍，共同努力而爭取來結果。這個運動的成功，不但使數以百萬計的外省同胞能回到大陸與家人重聚一圓天倫之夢，也使滯留在大陸的台籍老兵，重返故土台灣，同時也連帶解除了「黑名單」封鎖，使海外政治人士都能回台、台灣原住民也可以自由回到原部落，兩岸關係也逐漸走向良性互動。

在舉辦返鄉運動二十年紀念及返鄉照片徵集展示後，我們再把這些珍貴的照片與故事集冊出版，其意義除保存外省族群歷史記憶，強調外省文化其實也是台灣整體文化的一部份外，更要以重回歷史現場的方式，抒發外省族群當年的悲情並提昇爲對台灣的認同，同時將二十年前返鄉運動時各界人士的攜手合作共同奮鬥經驗，作爲策勵現代、啓發將來的勒石。

（姜思章◎原名姜文標，舟山來台老兵，「老兵返鄉運動」發起人之一，現爲外省台灣人協會監事）

感謝

所有得獎者與入選者（依來稿順序）：

羅振明

陳德文

莊敏泉

康金柱

鄒統紳

韋志武

鍾劍峰

胡光東

高先覺

于愷駿

倪汝霖

吳家祥

鍾久福

任文星

張俊生

姜渭俊

許平道

何文德

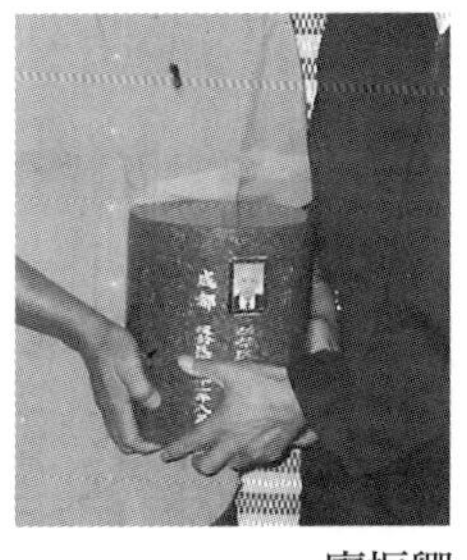

廖振卿

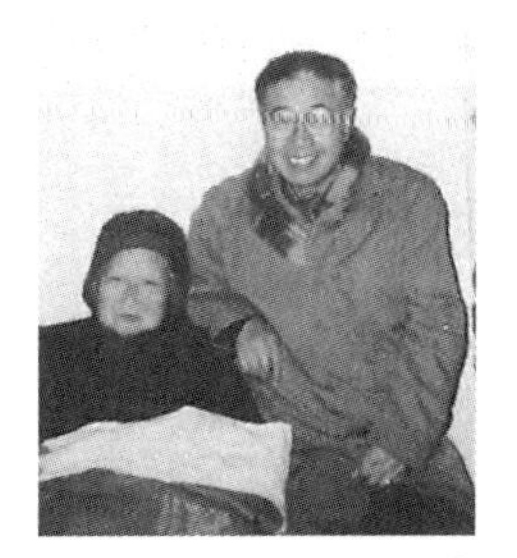

王正中

蘇　魁

張贊澤

余少莺

張家駿

孫者三

邵森發

邢福岩

傅耀祖

楊以琳

涂光敷

高秉涵

呂玉綿

—————— 孟興華

—————— 程耀武

—————— 謝宛潔

—————— 周蘭新

—————— 溫湧泉

—————— 杜奇榮

—————— 李繼壬

—————— 張筱瑩

—————— 劉博智

—————— 張師楷

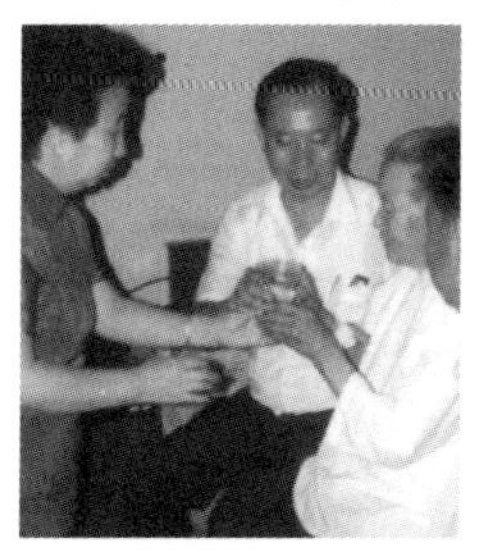

—————— 畢珍麗

—————— 王公昌

許文華　金　楓　栗松山

黃孟侯　趙天楫　彭聖師

鍾開仁　趙　璧　張迅學

鍾秋蘭　齊衛國　石志全

———— 楊碧雲

———— 譚化豐

———— 徐　銘

———— 應雨金

———— 傅家慶

———— 薛繼光

———— 盧永珍

———— 謝子雲

———— 翟永麗

———— 朱裕宏

———— 高宗仁

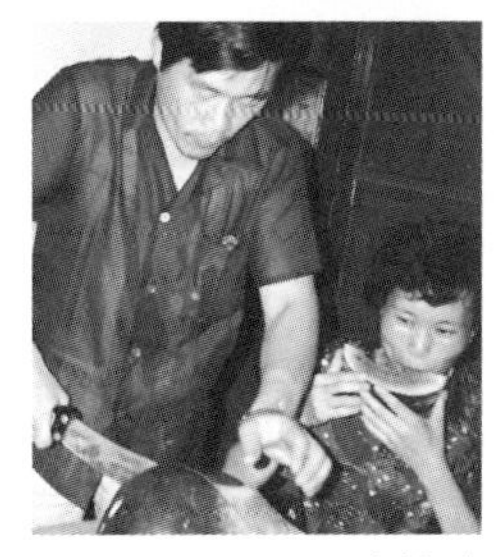

———— 李傳聖

梁芳來　彭　飛　陳　標

胡　勇　陳漣文　黃璽恩

葉大東　李榮治　何安華

限於篇幅，致許多情感深摯的精彩作品未能收入書中，謹深表惋惜之意；同時也對參與本次活動的所有投稿者，以及在活動期間提供任何形式意見與協助的朋友們，深致最大的謝忱！

外省台灣人協會　謹識

邀請您寫下：
屬於自己的返鄉、尋鄉影像故事——

外省人返鄉探親照片故事書

策劃者　外省台灣人協會
作　者　薛繼光等
總編輯　初安民
責任編輯　丁名慶
特約編輯　張嘉容
美術編輯　張薰芳
校　對　張嘉容　丁名慶　黃洛斐

發行人　張書銘
出　版　INK印刻文學生活雜誌出版有限公司
台北縣中和市中正路800號13樓之3
電話：02-22281626
傳真：02-22281598
e-mail:ink.book@msa.hinet.net
網　址　舒讀網 http://www.sudu.cc

法律顧問　漢廷法律事務所
劉大正律師
總代理　展智文化事業股份有限公司
電話：02-22533362・22535856
傳真：02-22518350
郵政劃撥　19000691 成陽出版股份有限公司
印　刷　海王印刷事業股份有限公司

出版日期　2008年6月 初版
ISBN　978-986-6873-55-3

定價　260元

國家圖書館出版品預行編目資料

鄉關處處
外省人返鄉探親照片故事書／
薛繼光等著；外省台灣人協會策畫.
--初版.--台北縣中和市：INK印刻文學，2008.6
面；　公分.--（文學叢書；191）
ISBN 978-986-6873-55-3（平裝）

855　　96025462

黃埔軍校同學會
年底不給選票
誰無父母？
老兵指控廖兆祥
推擠完了、按鈴申告
想家
獎狀
典禮
兩岸探親的管道座談
想家
送我
捉我
兩地

阻礙返鄉探親 年底不給選票
誰無父母？
公教也是人啊!!
回家的時候到了！
外省人返鄉探親促進會
打開海峽兩岸探親的
江蘇省黃埔軍校同學會
外省人
老兵指控
每位老兵新台幣六萬元返鄉探親路費